# グッナイ・ナタリー・クローバー

須藤アンナ

集英社

# グッナイ・ナタリー・クローバー

## 目　次



Good Night Natalie Clover

# グッナイ・ナタリー・クローバー

霧の中のあなたへ捧ぐ

子供は誰だっていつだって、親にとって一番の自慢でありたいと願う。だって、親は世界のすべてだから。もし期待に沿えなかったら、鏡を見ながら、自分で自分のおでこに、「ダメな子」と泣きながら書かないといけない。恥ずかしさや情けなさが頭をうんと重くするから、誰に命令されなくてもうつむいて歩いてしまう。子供は何歳になっても親の子供で、自分が粉々に砕け散ってしまうのを覚悟で暴走しない限り、レールから外れることはできない。つまり、わたしたちは生まれを選べないだけでなく、生き方さえもほとんど選べないと、そういうわけ。

十三歳のわたしにとって、世界は霧の町、チェリータウンだけだった。町のモットーは、「壊れていないなら直すな」。余計なことをすれば話がややこしくなるというのが大人たちの言い分で、見て見ぬふりが教育目標。

大人たちがそんなだから、チェリータウンはいつだって灰色。

銃を持ってうろつく男みたいな、そういうわかりやすくヤバい人はさすがにいなかった。けど、朝から夜までなんとなく騒がしくて、非行に走らない若者と飲んだくれでない大人は、ほぼいなかった。褒《ほ》められたものではない大人たちに認められなかった子供たちが、他にすることもなく安いスリルに手を出し、後先を考えずに子供を作っては、親にされて悲しかったことを自分の子供にする。

もう何十年も、ひょっとしたら開拓時代から、ずっとそうなのかもしれない。町はある意味で安定していた。日常は時計の針のように機械的に進み、みんないつか自分がすりつぶされる番を待ちながら、くすんだ日々を過ごしている。誰も正常を知らないから、何が間違いなのかもわからない。大人たちはそれを、壊れていないから直すなと突き放す。

そして町と、子供を支配する大人たちは、代わり映えのしない毎日を繰り返し続けるのだ。これも時計のように。秒針も短針も長針も、自分に与えられた速さを守って休むことなく働かされる。動きが段々にぶくなってきたら、ゼンマイを巻かれて、正しいとされる位置まで連れて行かれる。そして針たち自身は、自分が何を指し示しているのかもわからないまま、動いて動いて、一生を終える。

カチッ、カチッ、カチッ。

単調で灰色の動き。時計の動き。人の動き。

定められた数字。定められた運命。霧の中のわたしたち。

# 第一週　お向かいのナタリー・クローバー

土曜日は嫌い、お酒とタバコの臭いが染みついているから。特に夏休みの土曜日は。毎日が休みなせいで、日曜日の価値はガクンと下がる。雪の日のアイスキャンデーみたいに、もっと別のときだったら嬉しくなるけど、いまじゃないのって歯ぎしりしたくなる気持ち。そのくせ大人たちは明日が日曜だからと浮かれて、とにかくタバコを吸ってお酒を飲む。

パパの経営するバー『スモーク&ウォーター』は、土曜の夜が一番にぎわう。だからわたしは家事をさっさと終わらせて、お店のテーブルを拭きながら注文を取ったり、料理を作って運んだりしないといけない。パパはお客さん、というか他人がカウンターの内側に入るのを、ものすごく嫌がる。店員は高校生でニキビ面《づら》のフィル・スチュワートをレジ係として雇っているだけ。それじゃあ店を回しきれないから、わたしがネズミみたいに走り回る。

フィル・スチュワートは入り口近くのレジカウンターに定時までずっと座らされて、できたてのニキビをひっかこうとしてはためらってばかり。話しかけても「あー」とか「うー」とかしか言わないから、わたしは好きでも嫌いでもない。ハンバーグに添えられているクレソンみたいな感じ。どうでもいい。レジ打ちは速いけれど、パパが評価しているのはその点だけで、バイト代は雇われたときからずっと同じ。

彼が文句を一つも言わないのは、ピンハネお給料以上のものをもらえているから。猫背で内股で、シャツをズボンにいれるようなダサいティーンエイジャーが、どうしてピアスとタトゥーで着飾る不良から、ツバを飛ばされたりチップを巻き上げられたりしないのか。

答えは簡単、パパがスタンリー・ウォーカーだから。

昔は町の外でギタリストをしていて、手の怪我《けが》で大成する前に引退をしてしまったけど、背が高くて喧嘩《けんか》が強いから、不良も飲んだくれも、みんなが恐れている。裏道で起こったいさかいも、パパが来れば両者が謝ってすぐにおしまい。気さくでジョークが上手くて、さらに気前もいい。パパは町のヒーローだ。

おかげで、わたしも学校ではいじめられないどころか、遠ざけられている。十三年も生きているのに、いまだに友達はゼロのまま。兄のエディには昔親友がいて、彼には優しくしてもらっていたけれど、あくまでエディの友達でわたしとは対等じゃなかったし、いまはもうほとんど他人。そんなの、この町じゃよくあることで、いちいち悲しんでいたら疲れてしまう。

当然だけど、わたしはいつも独りぼっち。

だから、橋を見る。

町の端っこにある、ささくれの目立ったベンチに座って、霧ににじんだ橋の影をにらむ。町では一日中、どこからか汚い言葉やヒソヒソ声が湧いているのに、そこだけはいつも静か。

橋にはいつも霧がかかっている。この橋をどれだけ行けば反対側にたどり着けるのか、そもそも反対側があるかどうかさえも、ハッキリとしない。

町の外を、わたしは見たことがない。地理の授業で世界の国や町について写真付きのスライドで教わるけれど、いつも映画を観ている気分になる。いかにも嘘で、どれだけ真面目なテーマを扱っても、どこか他人事。自分の目で見たもの以外、わたしは信じられない。大人は子供に、わかりきった嘘を本当のことだよって教えるから。サンタなんかがいい例。

お酒や食べ物を運んでくるトラックと巡行バスを除けば、橋の向こうから車はほぼ来ない。たまに珍しい小型車が来て、つい立ち上がっても、たいていが夢破れた若者の出戻りだ。

けれどこの日、霧から出てきた黒いワゴンは、何かがいつもと違っていた。

出戻り組は橋を渡りきると、車から降りてきて、帰ってきた実感を体に染み込ませようと何度も足踏みをしたり、霧を胸いっぱいに吸い込んでみたりする。マニュアルがあるみたいに、みんな同じ動き。

ところが、黒いワゴンはノンストップでわたしの脇をすり抜けると、さっさと住宅街の方へ行ってしまった。一秒でも早く用を済ませて、橋の向こうへ帰りたがっているみたいだった。

もうお昼を作る時間だから、わたしは町を観察しながら家まで自転車を漕《こ》いだ。

わたしはこの町のことが嫌いじゃない。町の外のことを考えると不安になるし、嫌なことまで思い出して、シャツの中に毛虫を何匹も放り込まれたような感じがしてしまう。

町という響きは、わたしを安心させてくれる。たとえ、霧でほとんどの風景がぼやけていても。だって、ここはパパの町だから。

くねくねした上り坂を五分ほど漕いでいくと、並木が終わって、建物が見えてくる。

色を制限する法律はないけれど、どの家の屋根も焦げ茶とか紺とか深緑とか、落ち着いていて他人の気分を害さない色に塗られている。いわゆる、暗黙の了解というやつ。

さらに五分行くと町役場があって、その前の通りをまっすぐ行って、古着屋『バビロン』のある交差点を右に曲がって大通りに出れば、そこがわたしのパパの家。

屋根はカーキ色で、玄関扉は灰色。由緒正しき、チェリータウンスタイル。大通りに面している方はお店になっていて、家の玄関はひっそりと裏通りを向いている。

わたしはいつもお店の近くで自転車を降りて、音を立てないようひそやかに裏へ回る。話しかけられて、面倒ごとに巻き込まれたくないから。

だというのに、斜め前で男の人が声を上げて、近づいてきた。もう、なんでこうなるの。

町の大人たちはパパに気に入られたくて、よくわたしに声をかける。そんなことに意味があると思えている分、わたしよりは幸せだろうけど、うらやましくなんかならない。

「ソフィア、ちょうどいいところに帰ってきたね」

気の弱そうな、おじさんの声だった。よく知っている人だ。

「町長さん、こんにちは。どうかしたんですか」

家の前に自転車を停め、挨拶《あいさつ》をしながら顔を上げた。家の向かいにある物に気づいて、困り眉をした町長の顔はすぐ目に入らなくなった。

「何か聞いていないかい？　お父さんやブラックさんから」

裏通りを挟んで向かいの家には、昔からミスター・ブラックというおじいさんが住んでいる。すすけた屋根はいかにもチェリータウンカラーだけれども、ミスター・ブラックは決して町の色に同化してはいなかった。町の行事には絶対に参加しないし、喋《しゃべ》っているところも見たことがない。町長が定期的に来ては追い返される以外に、家には誰も訪ねてこない。窓にはいつもカーテンがかかっていて、すべてが謎に包まれている。

わかっていることといえば、庭の管理を徹底していることくらい。道路から玄関まではレンガで道が作ってあって、その左右に、規則正しくバラが植えられている。ミスター・ブラックは毎朝決まった時間にバラの手入れをして、それはわたしが芝生に水をやる時間と重なるから、目はそれなりに合う。微笑《ほほえ》み返されたことはない。

そんな孤立した家の前に、あの黒い車が停まっている。これはまさしく事件だ。町長がここにいるのも、たぶん忙しいフリをしながら、実際は暇を持て余しているその辺の住民が、わざわざ町役場に電話したからに決まっている。

「見慣れない車が町の中を走っているという通報が、何件か役場にきてね」

ほらやっぱり。町長はお腹をソワソワとさすりながら、シワだらけの顔をしかめた。

この怪しい車は、ミスター・ブラックに何を運んできたのだろう。ただの荷物か、親戚の誰かが死んだお知らせか。それともミスター・ブラックをどこかへ連れて行ってしまうの？

なんであれ、わたしたちは何もすべきではない。だってほら、町のモットー。

わたしと町長がその場に立ち尽くしていると、気短《きみじか》な音を立てて、裏口の扉が開いた。スーツを着て銀縁のメガネをかけた女の人が、かったるそうにレンガの上を歩いてくる。家を出るときに家主に挨拶をしないなんて、ずいぶんと態度が悪い。これだからよそ者は嫌い。

女の人はわたしと町長に気づきながら、挨拶もしないで車に乗り込んでしまった。町長が窓ガラスを二回ノックすると、気怠《けだる》げにため息をつきつつ、窓を下げた。

「急いでいるので手短《てみじか》にお願いできます？」

表情も口調も厳しい。それでも町長は顔色を変えず、丁寧《ていねい》に尋ねた。

「すみません、わたくし、町長のアルフレッド・ギランと申します。ブラックさんのご親戚の方ですか？」

町長、という言葉に反応して、女の人はメガネの位置を直し、財布から紙切れを出した。たぶん名刺だ。のぞき込んだら失礼だと、わたしは少し離れたところに立って、どうかこの人がミスター・ブラックの親戚ではありませんようにと祈った。

女の人はすぐに手を引っ込め、窓ガラスを上げながら早口で言った。

「八月末にまた来ます。それでは」

鼻づまりみたいな音をふかして、車は橋の方角へ去ってしまった。町の騒々しさが増していく。今頃また、町役場には何件も通報が行っているはず。

「なんて書いてあるんですか？」

わたしはできる限り興味なさげに聞いた。本当は知りたくてたまらなかったけれど、それを他人に見抜かれるのは恥ずかしかった。大人が付け入る隙を、絶対に与えたくなかった。

「子供は知らなくていいことだよ」

聞き分けの悪い幼稚園児をなだめるみたいに、町長は苦笑いをして、名刺を胸ポケットにしまった。この冴《さ》えない大人は、優しい人ではあるのだけれど、わたしをやたらに子供扱いする。それが子供の手本になる良い大人の態度だと、正解だと信じ込んでいるから。

町長はレンガを革靴で踏みつけていって、扉をノックした。

「ブラックさん、いらっしゃいますか？　町長のギランです。ここに停まっていた車の件でお話があるのですが」

ミスター・ブラックは呼びかけに応じない。町長もそれがわかっているから、いつも流れ作業。ノックノック、しーん、町長は帰宅、というのがおきまりのパターン。

ミスター・ブラックの孤高な感じが、わたしはすごく好き。孤独とは違う。孤独は誰も寄りつかないことで、孤高は誰も寄せ付けないことだ。不良たちだって、ちょっかいをかけないんだから。退役軍人で、昔は将校だったというウワサのせいだろうか。それか、単にパパの店のすぐ裏だからってだけかもしれない。

家そのものも、ミスター・ブラックと同じで、町の色に染まっていなかった。裏口の扉は屋根と同じ色だけど、南向きの正面玄関は、扉も階段も真っ白だ。キズもシミも一切なくて、まるで何かのおまじないみたい。

町長は裏口からしか呼びかけないし、ミスター・ブラックだって、正面玄関から出入りしない。それがなぜなのか、使わない玄関に意味があるのかはわからない。けれど、そこには絶対という名の、揺るぎない意志が見える。よそ者の女の人だって、ちゃんと裏口を使っていた。誰も踏み込めない白い玄関は、これからもいつまでも、孤高なんだ。

わたしはこっそり、後ろで組んだ手でVサインを作った。変な車は来たけど、それ以外はすべていつも通りだ。町は今日も日常を遂行《すいこう》している。

そう安心した直後だった。

「いいよ、ボクが出るから」

静寂《せいじゃく》が定められている扉の向こうから、凛《りん》とした若者の声がした。わたしはついレンガの上に一歩踏み出してしまって、体も前のめりだし、町長は頭だけ咄嗟《とっさ》に後ろへ向けたから、二人揃ってすごく中途半端な姿勢。

　一秒、二秒、大通りの喧騒が遠のいていく。

　三秒、四秒。わたしは待ちきれなくなって、さらに三歩、レンガの道を進んだ。

　そして五秒目、ついに扉は開いた。

　その人は一瞬の内に外へ躍《おど》り出て、さっさと後ろ手で扉を閉めてしまった。おかげで、中を少しだけでも覗《のぞ》きたがったわたしのやましい心は、あっけなく追い払われた。

　現れたその人は、ハッキリ言って、すごく変だった。

　胸まである髪はボサボサで、ヘアバンドをしているのにあっちへこっちへ跳ねていた。上は白地に虹色の絵の具が飛び散ったようなシャツで、下はヘアバンドと同じ黄色の短パン。この町じゃ、原色の服は嫌がられるのに。羽織っている白いトレンチコートが半袖で、しかも長かったのを破いたのか袖がほつれてしまっているのも、紐《ひも》の無いスニーカーを裸足《はだし》で履いているのも、そのせいで足のほとんどが丸出しになっているのも、何もかもが普通じゃない。肩にかけた大きい茶色のカバンも、死にかけのようにくたびれていた。

　体はバナナみたいにスラッとどこも平らで、なんなら痩《や》せすぎている。そんな見た目だから、その人がわたしより年上なのか年下なのか、男の子か女の子かもよくわからない。

　その人は髪をかきあげようと頭に手を添えて、ヘアバンドの存在を思い出したのか、そこで手を止めた。バカみたいなポーズだ。

「それで、ミスター『町長のギラン』、おじいさんに何か用かな？」

町長はさっきの女の人からもらった名刺と、その人とを交互に見ては、わかりやすくたじろいでいた。でもそこは大人なので、姿勢を正して、ネクタイをきつく締め直した。それから、その人を子供と判定したのか、膝を少し曲げて、目線を合わせた。

「ええと、君はブラックさんの親戚の子なのかな？　お名前は？」

大人ってどうしてそう、子供をバカにしたような喋り方をするのだろう。

その人は町長なんてそっちのけで、首を傾けてわたしを見ていた。ただ、目は合わない。わたしのシャツを見ているらしかった。胸元から裾《すそ》にかけて、四つ葉のクローバーがたくさんプリントされているシャツ。子供っぽすぎたかな。恥ずかしくてパーカーの前を閉めた。すると、その人は残念そうに口を尖《とが》らせて、レンガの上を飛び跳ねた。そして町長の横を通り抜けてわたしの目の前まで来ると、頭突きするくらいの勢いで顔を近づけ、鼻先が触れる寸前で止めた。

何をしても不正解に思えて、わたしは目に映るものを眺めることしかできなかった。

その人の目は細くて真っ黒で、それが余計に、大人か子供かわからなくしていた。でも黄色い短パンの大人なんて変を通り越して不気味だから、できれば近い歳であってほしい。

視線に落ち着かなくなって、どうにかしなければと手を差し出そうとしてみたけれど、すぐに引っ込めてしまった。

「はっ、はじめまして。わたしはソフィア・ウォーカー。向かいの家に住んでいるの。十三歳。アンタは？」

「クローバー」

ファーストコンタクトは大失敗みたい。

「……わたしのシャツの柄、気に入らなかった？」

「ボクの苗字を探していたんだけど、うん、クローバーにしよう」

意味不明だ。この人、ヤバい。

「苗字って……ブラックじゃないの？」

「ボクはナタリー・クローバー、夏の間だけこの家にご厄介《やっかい》になる予定」

わたしが言葉を呑み込めず、瞬《まばた》きを繰り返してばかりいると、その人は思い切りのけぞって、町長めがけて言い放った。ボサボサ髪がレンガを擦《こす》ってしまっている。

「引っ越しじゃあないから、手続きもいらないだろう？　おじいさんのことは放っておいてくれないか」

言い終えると、自称ナタリー・クローバーはガバッと起き上がって、変なステップを踏みながら住宅街の方へつむじ風のように行ってしまった。

いま、何が起きたの？

呆気《あっけ》にとられるわたしに、首をひねりながら町長が歩み寄ってきた。

「ソフィア、私はさっきの名刺の女性に電話をかけて話を聞いてみるから、何かわかるまであの子が変なことをしでかさないよう見張ってくれないか。町の人たちも、君が一緒にいるなら納得してくれるだろうから」

どうするべきか迷ったけれど、町長が「お願いだ、さあ、ほら」とものすごく急《せ》かすから、走ってナタリー・クローバーを追いかけた。

角を曲がると、『バビロン』の前で、さっそくナタリー・クローバーはタバコを吸う三人の不良たちに絡まれていた。いかにも、夏休みって感じ。

わたしは隠れて様子をうかがうことにした。ナタリー・クローバーの背中は助けを必要としていなかった。手をポケットに突っこみ、足は肩幅に開いて、あまりにも自然体だった。

不良たちはそれぞれ何かわめき、その内の一人が、持っていた缶ビールを投げつけた。

ナタリー・クローバーはバレエダンサーのようにターンを決めて、それを避けた。それから髪をかきあげようとして、ヘアバンドに気づき、また中途半端なポーズのままケラケラ笑った。

「いきなり物をぶつけてこようだなんて野蛮だな。野良犬の方がまだ礼儀を弁《わきま》えているぜ」

笑い声はどんどん大きくなる。いつまでも笑い続けている。

『バビロン』の前は異様な雰囲気に包まれていた。

霧、笑い声、騒音、風で転がっていく缶、カラカラと空っぽな音。その中心にいる、ナタリー・クローバー。

「なんだいガキ共っ、店の前で騒ぐんじゃないよ！」

お店のドアが開いて、マダム・グレタが怒鳴った。大粒のツバがあちこちに飛んでいくのがわかる。不良たちはすっかりうろたえてしまい、溺《おぼ》れているみたいな走り方で逃げていった。

「失敬」

ナタリー・クローバーはポケットに手を突っ込み、不良たちと反対の方向に歩き出した。追いかけようと走ったら、眉間《みけん》にシワを寄せているマダム・グレタに見つかってしまった。

「ちょっとソフィア、誰だいあの子は」

このご婦人はマスカラと太すぎるアイライナーのせいで、白目がほとんど見えない。ブルーのアイシャドウも濃すぎるから、毎日がハロウィンの仮装みたい。

「今日ミスター・ブラックの家に来た子なんです。夏の間だけ町にいるみたいで」

「あらそう、服はうちで買うように言っておきな。あとあなたのお父様にも、よろしく伝えておいて」

バチリとウインク、まつげがこすれ合う音が耳に痛い。テキトーに返事をして、ナタリー・クローバーを追いかけた。

大きな金魚の形をしたすべり台のある公園で、ナタリー・クローバーはブランコを囲む細い柵の上に立っていた。器用なヤツ。辺りには小学生が四人いて、砂場で泥団子を作ったり木に登ったりしながら、みんなよそ者を警戒していた。

側に寄っても、ナタリー・クローバーはてんで無関心で、わたしはちょっとムカつきながら声をかけた。

「ねえちょっと」

ナタリー・クローバーはカバンを地面に落として柵の上でブリッジをすると、足を蹴《け》り上げて、逆立ちの姿勢になった。ホントに器用なヤツ。

「やあソフィア・ウォーカー、何か用かい?」

無理にその姿勢のまま喋らなくてもいいのに。やっぱりわたしの方を向かなくて、柵とにらめっこしている。

「わざわざフルネームで呼ばなくてけっこうよ。ソフィアでいい」

さすがに限界が来たのか、腕がプルプルと震えだして、ナタリー・クローバーは足を地面に下ろして柵に腰かけた。自分の家にいるみたいにリラックスしていて、ますます腹が立ってくる。わたしの思いなんて知るわけもなく、ナタリー・クローバーはキザったらしく左手で右肩を摑《つか》み、首をややかたむけた。

「やあソフィア、何の用だい？」

「外で変なことをしないでほしいの。この町、よそからお客さんなんてめったに来ないから、みんなびっくりしてる」

アンタ通報されたのよ。それも何件も。まあ正確には、乗ってきた車が、だけど。

「町の案内が必要なら、わたしがしてあげるから」

わたしには、町長に与えられたミッションを遂行する義務がある。でもそれ以上に、この妙な人間を野放しにしておいたら、大変なことになるという予感があった。

「いらないよ、案内なんて。ボクはボクの知りたいことを知りたいように知る。しかしまずは計画を立てねばならないし、今日のところはおじいさんの家に引っ込むとしよう」

ナタリー・クローバーはカバンを拾って、また踊りながら公園から退場した。喋り方とかもそうだけど、ずっとお芝居をしているみたいだった。自分こそが人生の主役だとうぬぼれていて、周りの目をまるで気にしない立ち居振る舞い。あの自信はどこから湧いてくるのだろう。

不意に、お腹が鳴った。そういえば、もうお昼の時間だ。しかも今日は土曜。

わたしはまた走って、家に駆け込んだ。今日はこんなのばっかり。

玄関を開けると、テーブルについたパパが新聞を広げていた。

「昼飯は？」

低くうなる、野犬みたいな声。

まずい、すごく。すごくすっごく。

「ごめんなさい、いますぐ作るから」

キッチンに滑り込んだら急いで手を洗って、冷蔵庫から野菜を入れたタッパーを出した。

パパはまだ新聞を読んでいる。

「なんで毎日あくせく働いて、特に客が来る土曜だってのに、こんな時間になるまで飯が出てこないんだ？」

言い返してはいけない。これ以上機嫌を損ねてはいけない。

サラダボウルに、レタスとブロッコリーとキャベツのコールスローを盛り付けて運ぶ。色味のためにはトマトがあるといいのだけど、パパは好きじゃないから載せてはいけない。

「へえ、手づかみで食えってか」

わたしのバカ。

すぐにフォークを出して、スープとサンドイッチの準備。お湯にコンソメを溶かして、炒めたのを冷凍保存しているタマネギを投入。サンドイッチはピーナッツバターを塗って、焼き立てのカリカリベーコンを挟めばもう完成だ。

パパの前に並べていくと、ようやく新聞を閉じて、食べ始めてくれた。でもパンを一口かじったら、すぐに皿へ戻してしまった。

「マヨネーズとタバスコ」

スパイスラックからタバスコを、冷蔵庫からマヨネーズをピックアップ。家の中でも走ってる。息が切れそうだったけれど、疲れを見せたらパパはもっと機嫌を悪くするから、唇を思い切り噛《か》んで、息を止める。

こんなことわけないって顔でパパの向かいに座って、自分のサラダをフォークでつついた。

「このコールスロー、ハチミツをいれてみたの。図書館で借りた本に書いてあったんだ」

毎日ご飯を作っていると、すぐにネタ切れになってしまう。だから定期的に図書館へ行って、新作レシピを仕入れる。気に入ってもらえたら、正式なメニューとして採用。

「甘いサラダは好きじゃないな」

不採用。二度と作らない。隣のページにあったカボチャとレーズンのサラダも、作るのはやめておこう。

「そっか、何か食べたいものがあったら言ってね。次はロールキャベツに挑戦するつもり」

真っ赤なタバスコが、パパのサンドイッチに振りかけられていく。味はきちんとつけているのだけど、パパには物足りないみたい。

「さっき町長から電話があった」

うちの電話は、お店のレジにあるのが一つだけ。友達のいないわたしに電話なんてかかってこないけど、パパはわたしやエディが電話に出るのを許さない。隠し事が嫌いだから。

「ミスター・ブラックの話？」

つまり、ナタリー・クローバーの話。

「ああ。ナンシーだかナターシャだかって子、ミスター・ブラックの遠い親戚らしい。八月末までいるそうだが、どうやら親戚中をたらい回しにされている問題児だとかで、やらかさないよう気にかけて欲しいんだとよ」

ミッションを継続しろと、そういうことね。わたしはわざと呆れた声を出してみせた。

「すごく変な子なの。ブランコの柵の上で逆立ちしてたんだよ」

「サーカスから逃げてきたんじゃないか？　捕まえたら賞金が出るかもしれないぞ」

手についたパンくずをはらって、パパは「デッド・オア・アライブ」と呟《つぶや》いた。パパが言うと冗談に聞こえない。

パパはイスから立ち上がって、冷蔵庫を開けた。食べたいものがないのに、パパはいつも食事が終わると台所をうろうろする。

「ソフィア、今日の予定は？」

わたしがとっておいた袋入りのピーナッツを見つけたパパが、口に一個放り込んだ。

「図書館で本を返すくらいかな」

「今日はウッディのところでカードをするから、店は開けないし夕飯もいらない」

「はーい」

土曜は客が多いとさっきパパが自分で言ったのに、今日はお店を開けないことは、前から決まっていたみたい。

「それとも一つ」

パパは廊下を通ってお店へ行こうとして、壁に手をついたまま振り返った。わたしの栗毛とは全然違う、きれいな暗い金髪には、何本も白髪が交じっている。アーモンド形の目は夜のように冷たさと静けさをまとっていて、でもその奥で溶岩みたいな感情が煮えたぎっているのが、わたしには見える。

「向かいの余所者《よそもの》の言うことは信用するな。外の連中はみんな薄汚い嘘つき野郎だ」

わかってる。わたしの母親もよそ者だった。

「わかってるよ、パパ」

特大のにっこり笑顔を作った。いつまでもパパの小さな子供だよという、精一杯のアピール。

パパはお店へビールやワインを取りに行き、そのまま車で出かけてしまった。店の音は客の声も扉の音も、リビングには全然聞こえてこないのに、パパの車は、動くたびに家をきしませる。悲鳴みたいな痛々しい音に、つい体がすくんでしまう。

リビングにはわたしと、洗われるのを待つお皿だけが残った。

お皿を流しに置いて、パンくずをはらうためにテーブルクロスをめくる。丸裸になったテーブルのまん中には、小さくて深い溝が五つ密集している。五年前からずっとある、消えない傷跡。

思い出したくない。思い出してはいけない。

すぐにテーブルクロスを戻した。壊れていないなら直すな、見なかったことにしろ。

今度はエディにお昼を作ってあげないと。

階段を上がって、手前から順に、物置、バスルーム、そしてエディの部屋。薄い扉の向こうからは、鉛筆をガリガリさせる音がする。扉は薄すぎるし、エディは筆圧が強すぎる。

「エディ、お昼作ったよ」

「いま行く」

キッチンに戻って、スープを温め直して、サンドイッチを完成させる。ここまで三分。タイミングよく、エディが下りてくる。エディの言う「いま」はいつも三分後。

わたしがパパのお皿や鍋を洗う横で、エディは立ったままサンドイッチを頬張った。

「サラダもちゃんと食べて」

「はいはい」

エディのサラダにはミニトマトが三つ。見た目は良い感じ。

「このキャベツけっこうイケるな。ハチミツ？」

「そう、新作です」

わたしが笑い、エディも笑う。でも、後片付けはしてあげない。鍋を拭いて戸棚にしまって、お昼ご飯に関する家事はこれでおしまい。

エディがお皿を洗っている間、わたしは自分の部屋で休んだ。かね折れ階段の下の空いたスペースが、わたしの陣地。ドアも仕切りも無い。だから正確には部屋じゃない。横長で背の低い本棚の上に毛布とクッションを重ねてベッドということにしている、ささやかな世界。七歳のときに家を増築する案が出たらしいけど、風に吹かれて計画は白紙。プライバシーも無し。

お皿を洗い終わったエディが、わたしの陣地の前に立った。

「ソフィ、今日の夕飯は？」

声変わりしてから、エディはパパにそっくりで、つい背筋を伸ばしてしまう。昔はカナリアみたいなボーイソプラノだったのに。

「今日はパパいないから、冷蔵庫にあるやつテキトーに食べて」

「了解。そうだ、ほら」

エディはパーカーのポケットからティッシュにくるんだチョコレートを出した。

「わあ！　ありがと」

うちではお菓子が基本的に禁止されている。バカになるからと、パパが許さない。エディはバイトをして稼いだお金で、こっそり買っている。パパは気づいているはずだけどエディには何も言わないし、エディもパパの前で食べるようなヘマはしない。

ゴミが見つかるとわたしが責められるから、こうしてティッシュに包んで、ときどき分けてくれる。その場で食べて、ティッシュは燃えるゴミの袋へ。証拠隠滅《いんめつ》完了。

今日のチョコはヌガー入り。甘ったるくて粘っこくて、こんなの歯に絶対悪い。だから好き。

エディはいつも通り部屋にこもり、わたしはリビングで一人きりになった。

さて、この後どうしようか。本の返却期限まではあと五日もあるし、せっかくエディがコールスローを気に入ってくれたのだから、他のレシピも試してみたい。

一度そう決めると、外に出る気力が一気に蒸発してしまって、代わりにキッチンでお湯を沸かした。熱い紅茶を淹《い》れて、ミスター・ブラックの庭を眺めよう。窓辺にはちょうど腰を下ろせるスペースがある。ああ、チョコはあの場ですぐに口へ放り込むんじゃなかった。おやつがあれば、ステキな午後になったのに。今日は免除になったけれど、土曜の夜は何時間も大人たちにお皿を運ぶので疲れてしまうし、こんな日くらい、最大限穏やかな時間を過ごしたかった。

ケトルが貧乏揺すりみたいに小刻みに揺れて、真っ白な湯気を吐き出した。お気に入りの青いマグカップにレモンティーのティーバッグを放り込んで、お湯を注ぐ。

準備万端、マグカップを片手に窓辺へ行くと、ナタリー・クローバーが、よりにもよってミスター・ブラックの家の屋根に寝転がっていた。足を組み、手を枕にして、公園のとき以上にくつろいでいる。

高いところに上りすぎじゃない？　本当にサーカスから逃げてきたのかも。

まだ一口も飲めていない、湯気の立つ紅茶を窓辺に置いて家を出た。玄関のドアが大きな音を立てるよう、わざと乱暴に開けたのに、ナタリー・クローバーはやっぱりわたしに無関心だった。星空を観察するように、モノトーンの曇り空を見上げている。

わたしは庭を出て、でも道は渡らないで、お腹に力を込めて声を張り上げた。

「ねえ、それ楽しいの？」

ナタリー・クローバーは組んでいた足をほどいて、ゆったりと起き上がった。

「ああ、とてもいい気分だよ！　ソフィアも来るかい？」

「行かない。だいたい、どうやって屋根に上ったの？」

「長いハシゴさえあれば、雲の上にだって行けるぜ」

「ハシゴなんてどこにもないじゃない」

「そうさ、だからせいぜい行けるのは屋根の上までだ」

頭がおかしくなりそうだった。

「アンタ変よ。それもすーっごく」

「へえ、じゃあキミは〝普通〟なのか？」

そんなの知らない。なにが普通かなんて、大人だって、人によって違うことを言うのだから。

どうしてナタリー・クローバーに声をかけてしまったのだろう。わざわざ玄関を乱暴に開けて、庭を出て大声を張り上げて。気づいてもらえるよう努力をしてしまったのだろう。

きっと町長のせいだ。大人の命令通りに動いてしまっているだけなんだ。

もう一度、でも今度はもっと興味なさげに、向かいの屋根へ声をかけた。

「アンタは明日から町の中を好き勝手に歩き回るんでしょうけど、わたしも一緒に行くから。アンタが何をしでかすかわからないんだもの。案内はしない。勝手についていくだけ」

「へえ、毎日？　毎時間？」

「毎日。でも夕方からはお店の手伝いがあるし、ご飯の準備もあるから、毎時間ってわけにはいかないけど……」

よく考えれば、気の向くままにどこへでも走って行ってしまいそうなよそ者を、四六時中見張るなんてできっこない。わたしだって家事や手伝いで忙しいのに。

「そりゃあ、わたしだってやらなきゃいけないことがあるから、アンタが毎日うちのドアをノックしてくれた方が助かるけどね」

だんだん小さくなってしまう声をかき消すように、ナタリー・クローバーはお腹を抱えて笑い始めた。あんまりにも激しく笑うものだから、いまにも屋根から落ちてしまいそうだ。

「いいね、そういうの！　友達みたいだ」

いま、ナタリー・クローバーの瞳は、まっすぐにわたしを捉《とら》えている。遠くにいるのに、すぐ目の前で顔をのぞかれている居心地の悪さがあって、わたしは背を向けてしまった。

「べつに、なんだっていいけど」

ダサい捨て台詞《ぜりふ》を吐いて家に戻った。紅茶はわたしを待っていてくれず、すっかり温《ぬる》くなってしまっていた。外を見やると、ナタリー・クローバーはもう屋根から降りていて、裏口の扉に手をかけていた。そして家に入っていく直前、少しだけ振り返って、悪巧みを打ち明けるように、ニヤリと口角を上げた。

友達みたい、ナタリー・クローバーはそう言った。普通じゃないあのよそ者は、友達をどういう意味で使っているのだろう。他に友達はいるの？　わたしが初めて？　だいたいナタリー・クローバーっていくつなの？

心のざわざわを取り除こうと、温くなってしまった紅茶を一口で飲み干した。お腹がチャプチャプとだらしなく揺れる。

とりあえず一旦、よそ者のことは忘れてしまおう。友達とか、そういうのも全部。

パパはウッディのところへ遊びに行くと、夜中まで帰ってこないから、その間だけは何だってできる。ソファの上でジャンプをするとか、ココアを飲みながらテレビを観るとか、なんでもやってやる。スーパーでこっそり買ったココアパウダーをお鍋で煎《い》って、砂糖とミルクを混ぜたらできあがり。使ったお鍋はすぐには洗ってやらないし、ココアの袋だって開けっぱなし。思う存分、ずぼらになってやる。

けれどもテレビをつけたからって、観たい番組なんてない。なんとなく音楽番組を流しっぱなしにして、本や新聞をパラパラと、手当たり次第にめくった。

そのまま寝落ちしてしまったのか、まぶたをこすって時計をみやると、もう二十時をとっくに過ぎていた。することがないと眠ってしまうなんて、わたしってつまらない人間。

パパが何かの間違いで早く帰ってきてしまうかもしれないから、大急ぎで部屋を片付けた。本も新聞も決められた位置に戻して、ココアは床下のスペースに、非常食と並べてカモフラージュ。お鍋とマグカップを洗おうとしたら、それはもうなくなっていた。たぶんエディが、夕飯ついでに片付けてくれたんだ。家事は手伝ってくれないくせに、たまにこうして気を利かせたり、お菓子をくれたりするから、エディってわからない。

冷蔵庫にあるもので夕飯を済ませ、食べ終わったらすぐに片付け。お風呂を軽く掃除しながら、わたしもシャワーを浴びる。時間短縮。

眠れそうにはなかったけれど、二十二時半にはリビングの電気を消した。

暗闇の中だと嫌なくらいに耳が冴えて、二階でエディが書き物をしているかすかな音でさえも聞こえてしまう。土曜の夜だからかいつもより外はうるさくて、ビンの割れる音とか、バイクを乗り回す音とか、調子の良い叫び声がひっきりなしに響く。

何時間も町の生活音を感じていると、家がまた悲鳴を上げる。

窓ガラスから車のヘッドライトが射し込んで、時計を読めた。真夜中の三時過ぎ。

どんなに遅くなっても、パパは帰ってくる。

必ず帰ってくるんだ。

わたしの朝は、新聞が投函《とうかん》される音で始まる。気の利かない新聞配達員が錆《さ》びたポストにむりやりねじ込むから、毎朝毎朝、ギギィ、ガチャンとひどい目覚まし。必ず六時半きっかりに来ることぐらいしか、褒《ほ》めるところがない。

起きたらすぐ顔を洗って、着替えて、髪を結ぶ。

二階に上がって、まずは床の水拭きから。パパは十一時くらいまで寝ているから、何をするにしても音を立てるのは厳禁。エディも夜中まで起きているせいで、いつも朝は遅い。洗濯機を回したいから、早く起きてくれると助かるんだけどな。

トイレ掃除とゴミ出しを終えたら、九時から営業をしているスーパーで、一日分の買い物を済ませてしまう。サラダ用の野菜、タンパク質は卵とお肉、魚は高いから生のにはあまり手を伸ばさないで、缶詰を買う。朝食用のシリアルも忘れずに。

紙袋を抱えて帰宅し、ポストから新聞を引っ張り出す。ポストの蓋《ふた》が、生意気にも大声をあげた。パパが起きてしまったらどうしよう。わたしは平穏を祈りながら、それはもう命がけで、息を殺して家の中に入った。

リビングはひたすらに静かだった。あるのは、壁にひっかけた時計の秒針が働く音だけ。

わたしは買った物を片付けて、テーブルにシリアルとボウル、それにスプーンを置いた。そろそろエディが起きてくる。今の内に庭の手入れをしてしまおう。

ドアを開けるのと同時に、向かいの家、つまりミスター・ブラックの家のドアも開いて、ナタリー・クローバーが出てきた。今日のヘアバンドと短パンはトマトみたいに真っ赤。わたしが言葉に迷ってまばたきを繰り返していると、何がおかしいのか、ケラケラ笑った。

「やあ、グッド・モーニングってやつだね、ソフィア」

「あまり大声を出さないで、まだパパが寝ているんだから」

ナタリー・クローバーはちょっと意地悪な、バカにした顔をして、腰に手を当てた。

「太陽が起きてからおよそ三時間が経っているのに。キミのお父上、吸血鬼なのか?」

「大人は子供と違うのよ。あんまりテキトーなこと言ってると……とにかく静かにしてったら」

「キミの家を訪ねようと思ったんだけどな」

「悪かったわよ。もう出かけるの?」

「いや、まずはキミと屋根に上ろうと思って声をかけにきたんだ」

「アンタ高いとこ好きね」

体が軽いからかな。それか頭かも、なんて、口には出さなかったけど。あまり近所の人に目をつけられるようなことはしたくなかったから、断る方法を考えた。

わたしが黙っている間に、ナタリー・クローバーは軽々と道路を渡って、無礼にもパパの庭に踏み込んできた。

「ほら、時は金なりだぜ」

ナタリー・クローバーはとうとうわたしの目の前まで遠慮なく歩いてきて、腕を掴んでこようとするから、すんでのところで避けた。

「わかった。わかったから、そんなに近寄らないで。警察を呼ぶわよ」

「ははっ、イカした切り返しだね。おいで、上り方を教えてあげる」

わたしが屋根の上に行きたがっていると決めつけられているのが納得いかないけれど、あまりにも自然な身勝手さで話を進められて、かわしそびれてしまった。

わたしはナタリー・クローバーについていって、ミスター・ブラックの庭に侵入した。

「ねえ、わたしが勝手に入って、ミスター・ブラックは怒らない?」

「平気さ。ボクが何をしようとおじいさんは許してくれるから」

ナタリー・クローバーはカバンを屋根の上に放り投げた。それから窓枠に足をかけ、壁にはりついたレンガの飾りや屋根の縁を掴むと、気づけば屋根の上にいた。サルみたいな動きだ。

「アンタそういうのどこで覚えるの？」

「はっはっは、世の中やってやれないことはないよ。ほら、キミもはやく」

わたしは通りに人がいないか、よその家の窓から誰かがこっちを見てやしないか注意深く観察した。その間にもナタリー・クローバーは真上から急かしてくるし、運良く誰もいないようだったから、こうなればヤケだとレンガを掴んだ。ズボンを穿いてきてよかった。足を上げすぎて股関節が痛いし、風が強くてズボンの裾がひっきりなしになびいた。

ようやく屋根の縁に手をかけられるところまで上れて、でもいざ掴もうとした瞬間、左足がレンガから滑り落ちた。大した高さはないはずなのに、暗い谷底へ落ちていってしまうようだった。こうなったらもう、どうにもならない。

一瞬で全部を諦めたわたしの手を、ナタリー・クローバーが掴んだ。骨ばった手は、わたしより少し温かい。直に伝わる他人の温度に、血が出るくらい唇を噛んでしまう。

「危なっかしいな」

そのまま引っ張り上げようとしてくれて、わたしは錆び付いた歯車みたいなぎこちなさで、屋根まで上がった。心臓がバクバクと血管が破けてしまいそうなくらい鼓動《こどう》する。握られた方の手から、脂っぽい汗が出て気持ち悪い。お礼を言わなければいけないのに、震えてしまって口が動かない。どうしよう、どうしよう。

「高いトコ、苦手なのか？」

うつむいたまま、頭を左右に振った。

「ごめん……あんまりこういうの、触られるの、なれてなくて……だから、アンタが悪いワケじゃないんだけど……」

声がどんどんかすれてしまう。今すぐにでも死にたい。きっとナタリー・クローバーも呆れているだろう。ああ、嫌だ嫌だ。

「そうかい」

言葉も調子も、拍子抜けするほどそっけなくて、わたしの感情はリセットされてしまった。

「高いトコが平気ならそれで十分さ。さあ、さっそく始めよう！」

ナタリー・クローバーは棟《むね》に腰かけて足を組んだ。海からの風が長い黒髪を梳《と》かすので、本当はそんなことはないのに吹くほどに髪は艶《つや》を帯びていくようだった。わたしのことなんて、まるで気にかけていなかった。

「なにを始めるの？」

わたしは落っこちないよう、屋根板に手を這《は》わせて慎重に歩いた。とてもじゃないけれど、顔を上げて、鳥に近い視点で景色を楽しむ余裕なんてない。

ナタリー・クローバーはカバンに手を伸ばし、見開きにした図鑑くらいの大きさがある茶色い羊《よう》皮紙《ひし》と、オレンジ色のガラスペンを取り出した。まだ何も書かれていない羊皮紙を大きく広げ、眼下の風景に重ねる。伸びていた背筋が、弓のように美しく、しなやかに反《そ》り返った。

「地図を作るんだ」

澄んだ声につむがれた言葉が、矢となって真っ直ぐ町へ放たれた。検討中の計画を相談するようなのとは、全然違う言い方だった。運命として決定されているのだと、断言していた。自信とエネルギーが膨《ふく》らみ、曇り空の下で、ナタリー・クローバーの周りだけが明るかった。

「スゴい」

思わず呟いていた。

ナタリー・クローバーはインク瓶を開けると、ペン先に上手いこと一滴だけ垂らして、書く準備に入った。やることなすこと、全てが変で器用だ。わたしが丸まらないように羊皮紙の端っこを持ってあげると、ナタリーはニカッとやんちゃに笑いかけてくれた。

「町の範囲を教えてくれ」

わたしは棟にしがみつきながら体をねじって、霧に覆われた背の低い山を顎《あご》で指した。

「あのてっぺんよりちょっと手前くらいまでがチェリータウンの領土。見渡せばわかると思うけど、南以外は海だし、山道は車でないと行かれないから、隣町に行きたいなら」

言葉を句切り、ひねった体を戻す。体勢が安定したから、遠くを指さしてみる。けれどようやく落ち着いて見渡すことができた風景に、動くことすらままならなくなってしまった。

山と同じように、霧をまとった橋が、無言のままに存在している。ベンチから、間に霧だけを挟んで眺めるときよりも、大きく、途方もない。壁そのものが迫ってくるような避けられなさと窮《きゅう》屈《くつ》さに、ちっぽけなわたしじゃ、押しつぶされてしまいそうだった。

「続きは？」

ナタリーの声で我に返って、霧を払いのけるため、頭を左右に振った。ナタリーは心配するでも焦《じ》れているでもなく、わたしが話し出すのを言葉通り待っていた。

気を取り直して、橋に向かって指を鳴らす。

「アンタがこの町に入ってきたときみたいに、橋を渡るしかない。今はちょうど霧がかかっていて反対が見えないけど。……夏は天気が悪いし、霧もよく出るの」

ガラスペンはさらさらと、水の表面を撫《な》でるように優しく、けれどしっかり足跡を残して走った。町の輪郭ができあがっていく。山の方には木のマーク、北の沿岸には橋の絵。

「アンタ絵うまいわね」

ナタリー・クローバーは褒め言葉に反応しなかった。言い方がわざとらしかったから、気に障《さわ》ったのかもしれない。

羊皮紙の中心、つまり町の中心に、立派な玄関のある家が流れ星みたいな速さで描かれた。横には説明書き。

『おじいさんの家』

続けて、すぐ上に違う形の家を描く。

『ソフィアの家』

「わたしのじゃない、パパの家よ」

訂正してほしくて口を挟んだのに、ナタリー・クローバーは取り合ってくれなかった。

「ボクにとってはキミの家だよ」

そしてこれはボクの地図だ、と付け加えて右手に持ったペンを回す。インクが羊皮紙の端っこに飛んだ。

「じゃあこの家だって『ナタリーの家』って書けばいいじゃない」

口に出して気づいた。いま初めて、彼女をファーストネームだけで呼んだ。

ナタリー、ナタリー、あめ玉を舌の上で転がすような響き。透き通っているのに中心が見えない、宇宙みたいな雰囲気。

「人に呼んでもらうと、やっぱりしっくりくるな」

ニヤけ顔がぐんと近づいてきて、生温かい息が顔にかかった。

「でもこの家はおじいさんの家だ。ボクはしょせん、居候《いそうろう》だからね」

ナタリーはガラスペンをしまった。屋根の上でできる作業は、これで終わりみたいだ。

そのとき、視界に傷痕《きずあと》が割り込んできた。羊皮紙をカバンにしまうナタリーの右手首の側面に、わたしは細い傷痕を見つけてしまった。一生残り続けてしまいそうな、古く深い印。自分でつけようと思ったって、そんなところは選ばない。

一度あるのを知ると、そればかりが目に入っていたたまれなかった。見えていないときには、探すように目で追ってしまう。

つい、自分の左頬をさすってしまう。火からおろしたばかりのフライパンを当てられたみたいに、肌が焼かれていく心地がして、呼吸が浅くなる。

隠せるものが欲しかった。

思いつくまま、地面に飛び込むように屋根を降りて、下からナタリーへ呼びかけた。

「ねえナタリー、ちょっと待っててくれない？　すぐ戻ってくるから。五分くらいで」

返事を待たずに、わたしは庭へ走った。植木鉢の中に、ビニール袋に入れてお金を隠している。

それをズボンのポケットにつっこんで、『バビロン』へ急ぐ。

お店のカウンターでは、マダム・グレタがコーヒーを飲みながらファッション雑誌を読んでいた。

わたしは軽く挨拶をし、木箱を漁《あさ》って手袋を探した。夏だから薄手のヤツがいい。色も、灰色や黒は、あの子には似合わない。

箱の底から、手首まですっぽりとおおう丈の、白い指ぬきグローブを掘り起こした。

これだ、これしかない。

すぐにカウンターへ持っていき、お金を出して店を出た。おつりは受け取らない。

息を切らしながら、道を真っ直ぐ走る。もう五分経ってしまっただろうか。あの一つの場所に留まれない子が、大人しく待ってくれているとは思えない。でもドアをノックしたらミスター・ブラックに迷惑かもしれないし……。

そんな心配は無意味だった。

ナタリーはまだ屋根の上にいたし、なんならこっちに手を振っていた。

「おっ、六分二十三秒で戻ってきたね。それで？　トイレにでも行ってたのかい」

しょうもない冗談への呆れと、調子に乗ってプレゼントを買いに走ってしまった照れと、気持ち悪がられたらどうしようという不安で、うまく言葉を返せない。

「受け取って」

わたしはグローブを思いっきり投げた。コントロールが悪すぎて変な方向に飛んでいってしまったけれど、立ち上がったナタリーがちゃんとキャッチしてくれた。

なんて説明しよう。取りつくろおうとすればするほど、しどろもどろになってしまう。

「アンタに似合うかなって思って、買ってきたの。古着屋で買ったから新品だけど中古で、あ、そういうの嫌だったら投げ返してくれても——」

「絶対返すもんか！」

ナタリーが怒ったように叫んだ。震え交じりの声はわたしの耳の奥で水滴のように跳ねては波紋を広げ、さっきまで息切れしていたのが嘘みたいに、体の内側が静まり返っていく。

ナタリーはグローブを、まるで割れ物を扱うみたいに抱きしめた。うつむいて、泣き出しそうだった。でも、笑っていた。

「嬉しいなぁ、嬉しいなぁ」

昨日みたいにクルクル回って跳ねたりはせず、ナタリーはまったく動かなかった。ついさっきまでの摑みどころのなさをどこかへやってしまって、遠慮がちに頰を赤く染めていた。

何かをして、こんなにも喜んでもらえたのはいつぶりだろう。初めてかもしれない。

「わたし、お昼ご飯作らなきゃいけないから一回帰るね。十三時半になったら、また地図作りをしようよ」

ちょっとした優越感があって、わたしは一方的に約束をとりつけた。上から目線で話してしまったのはちょっと後悔したけれど、ランチ前なのに満足感でお腹がいっぱいになっていた。

ナタリーはこくこくうなずくばかりで、わたしが家に戻っても屋根から降りてこなかった。

まだ寝ているのか、パパもエディもリビングにはいなくて、ホッとするのと同時に、わたしもナタリーも大声を出してしまったのを思い出した。パパのことを忘れてしまうなんて、自分のバカさ加減に頭が痛くなる。本当に、パパが起きてしまわなくてよかった。

気持ちを切り替えて、お昼ご飯にオムレツを作るために、冷蔵庫から卵を出す。

タマネギを炒めていると、階段から足音がした。ズシン、ズシンと眠たげで重々しい。

「おはようパパ。お昼はオムレツの予定だけど、リクエストがあるなら何でも作るよ」

「いや、それでいい」

パパはまだ寝間着《ねまき》用のシャツだった。昨日ウッディのところで盛り上がりすぎたらしい。

「まだ十二時だけどもう食べる？」

「ちょっと早いが、まあいいか」

テーブルについたパパに新聞を差し出して、料理に戻った。パパが振り返る。

「水」

すぐ冷蔵庫からよく冷えたミネラルウォーターを出して、ガラスのコップに注ぐ。パパに差し出して、料理に戻る。

ナタリーとミスター・ブラックは、どういう共同生活を送っているのだろう。料理の担当はどっち？　食事中に会話する？　ぜーんぜん想像がつかない。

できあがったランチを食べながらも、わたしはボンヤリしていた。せっかくパパが昨日のことを話していたのに、受け答えを真剣にしなかったから、パパはムッとしていた。

お皿を洗い終わってもまだ十三時前で、台所を意味もなく行ったり来たりしてしまっても、時計の針は全然進まなかった。あの時計、こんなに足が遅かったっけ。

約束までの三十分間をやり過ごすため、わたしは塗り絵の本を広げた。

なぜだかわからないけれど、パパはわたしが塗り絵好きだと信じ込んでいて、誕生日やクリスマスには絶対、新しいのをくれる。

塗り絵をするときには二つのルールがある。

一つ、パパの見えるところでやること。二つ、雲は灰色で塗ること。

その昔、夕焼け空をイメージして雲をオレンジで塗ろうとしたら、雲は灰色だと決まっていると叱られた。実際その通りなのだけど、とにかくこの家ではパパのルールに従わなければいけない。

わたしは塗り絵の本を開くたびに、どうか今日の絵には雲がありませんようにと祈る。雲を塗っている間、パパはずっとわたしを見ている。それも学校で試験中に、先生が生徒のカンニングをチェックしているみたいに、鋭い目つきで。

今日は、家の前をバスが通る絵。空には雲。いつもながらついてない。

一つ枠の中を塗りつぶしたら、すかさず時計を盗み見る。

約束の時間までに三十回はそれを繰り返した。

ようやく時計の針が十三時半を指してくれて、塗り絵を窓際の棚にしまった。

ソワソワしてしまう理由をわたしが説明しないからか、パパは明らかに不機嫌だった。

「おい、十六時には店を開けるからな」

だからそれまでに戻ってきてお店の掃除をしろってこと。

パパは機嫌が悪くなると、言葉が少なくなるし、もっとひどいと声をかけても聞こえないふりをする。まるでわたしなんて存在していないみたいに扱うんだ。最長記録は一週間、でもこれはわたしの話。エディはもう三年も、パパの世界から消されてる。

「はーい」

返事をしながら、わたしはもうナタリーのことばかり考えていた。

ナタリーはミスター・ブラックの家の扉にもたれかかって腕を組んでいて、わたしを見つけるなり、スキップで道路を渡ってきた。細い手にはしっかりとグローブがはまっている。それなのに手の甲は丸見えだった。

「ねえ、グローブに何かしたの？」

ナタリーは顔の前で手をかざした。白いグローブは、手の甲の部分が窓みたいに切り抜かれていた。四角でも丸でもなくて、見覚えのある形。

「ボク専用に仕立て直したのさ。カスタマイズってやつ」

「それ、もしかして四つ葉のクローバー？」

ナタリーは真っ白な歯を見せた。そんなに歯並びはよくない。

「さて、ではさっそく行こうか」

ナタリーが手を差し出す。布越しなら、摑んでも気持ち悪くはならないだろうか。

大丈夫、もしわたしが耐えきれなくて吐いてしまっても、ナタリーなら「そうかい」で済ませてくれる。きっと大丈夫。

「うん、行こう」

手を伸ばしかけて、結局わたしは引っ込めてしまった。

予想通りナタリーは気にしなかったけど、わがままが許されるなら、無理矢理にでも摑んで欲しかった。文句を言う暇もないくらいの身勝手さで、引っ張っていって欲しかった。

わたしたちは間に一人分くらいのスペースを空けて、並んで歩いた。

すれ違う人たちはみんな、敵意のある目でナタリーを睨《にら》んで、小声でいやらしく話し合っていた。その灰色の雰囲気に喉が詰まりそうで、ちょっと離れて歩こうかなんて悩んでしまう。それか、ナタリーの目と耳をふさげたら！　嫌な町だと思われたくなかった。わたしもそういうことをする人間だと思われたくなかった。

わたしはナタリーから離れることも、町の人に文句を言うこともできなくて、ただただうつむいて歩いた。重苦しい沈黙。悪いことをして、その罰を受けているような。

何でもいいから、とにかく話題が欲しかった。

「ねえ、アンタのこと教えてよ」

「ボクのこと？」

「出身とか、家族のこととか、歳とか、通ってる学校とか、色々よ」

ナタリーは立ち止まり、わたしに向き直った。

「交互に話そうぜ。キミが一つ話し、ボクが一つ話す。フェアにいこう」

てっきり上手いことごまかされて煙《けむ》に巻かれてしまうと思っていた。ナタリーは何でも聞いてくれと言わんばかりに、右手を腰に当てて堂々としていた。

「歩きながら話そう。まずわたしからね。アンタどっから来たの」

「昨日からだよ」

「あっそ、遠いところからはるばるご苦労様」

馬鹿にされている気がして、ついとげとげしい態度になってしまう。

「そう怒らないでくれよ、本当に昨日からなんだ。そりゃあ正確に言えば六日前の月曜日からだけど、ナタリー・クローバーが生まれたのはつい昨日のことだ」

「意味わかんない」

「さ、ボクの番。キミの好きな色は？」

わたしは直感的に答えた。

「灰色」

「嘘だね」

ナタリーは真っ黒な瞳で、冷ややかにわたしを射抜《いぬ》いた。いけないことをしてしまった気にさせられて、わたしは負け惜しみのように、服の裾をにぎりしめた。

「……好きな色なんてない」

当たり障りのないことを言って、その場をしのいできた。そうでなければ、パパが喜びそうな答えを。嘘や見栄を脱ぎ捨ててしまえば、つまらないわたしが剝《む》き出しになるだけだから。

「そうかい」

またそれだ。

「二つ目の質問。アンタいくつなの？」

ナタリーにはすぐ踊り出したりするものすごく子供っぽいところと、何でも見透かして人生もう三回目みたいな感じが同居している。要するに、何歳でもしっくりこない。

「いくつに見えるかな？」

「そういうめんどくさいのやめて。十五？」

「ハズレ、まだ生後七日目」

「アンタいい加減にしなさいよ！」

つい声を荒らげてしまった。けれどナタリーはなんてことないようにヘラヘラ笑って、どんどん歩いて行った。何もかもナタリーのペースで進んでいって、ちょっとムカつく。

「さて、またボクの番だ。キミの――」

そこまで言って、ナタリーは立ち止まった。いつの間にか町役場まで来ていた。ナタリーはドアノブに手をかけたけど、日曜だから当然、開いているわけがない。

「日曜にやってるのは教会と飲み屋ぐらいだよ」

あとはスーパーと古着屋、それにカフェ。数えてみると意外とある。

ナタリーは町役場の敷地を二周し、何度か頭をたてに振ると、扉の前の石階段のまん中に腰を下ろして、カバンから例の羊皮紙を取り出した。わたしは座れる場所がないし、かといって少し横にずれてとも言えなくて、上から覗き込んだ。このポーズ、いじめっ子みたい。

ガラスペンの先にインクがつけられ、それが紙に染み込んで文字になっていく。まるで古くから伝わる魔法を使っているみたいだった。

地図には横長の長方形が描き加えられ、まだらに塗られた。

「なんで全部塗りつぶしちゃわないの？」

ナタリーは答えず、横に説明を書いた。

『お役所　ペンキを塗り直す必要あり』

わたしは顔を上げて、さっきナタリーがそうしたように、建物を観察しながら歩き回った。この面白くもなんともない建物を、じっくり見るのは初めてだった。

ベージュ色のペンキは悲しいくらいはげてしまっているし、石の階段にはヒビが入っているし、木製の扉はささくれが目立つ。周りも雑草だらけだ。

道路まで下がり、役場を構成するすべてを一つの風景として、視界に収めてみる。なんて、みすぼらしいんだろう。なんで、今まで気づかなかったんだろう。

ナタリーは地図とペンをしまって、立ち尽くしているわたしの隣まで来た。両手の親指と人差し指で枠を作って、カメラのレンズをのぞくみたいに、左目に当てた。

「屋根は赤がいいと思うんだよ、壁は黄緑。どうだい、花畑みたいで！」

「そうかもね」

急に疲れてしまって、めまいがした。静かなところで、横になって休みたい。

家に帰りたいとは思わなかった。パパはまだリビングにいるだろうし、こんなふらふらとした心のまま塗り絵をしたら、絶対にひどいことが起こる。

わたしは買い物ができる場所を教えてあげるという建前を掲げて、町をグダグダと一時間くらい歩いた。その間に、地図には古着屋『バビロン』と、カフェ『オウル・ミルフィーユ』と、庭にウサギとカナリアの置物がある『ロバート氏の家』が記入された。それ以外のものはみんな、ナタリーにとって記録に残す価値もないということなのだろうか。

真っ先に地図に描かれた『ソフィアの家』は、ナタリーにとってどれくらい意味のあるものなのだろう。本人に聞くのが一番早いけど、怖くてできない。交互の質問ゲームも、今日はあれ以上する気にはなれなかった。

別れ際、わたしたちの家の間を走る道路のまん中で、ナタリーはいやに真剣な声でわたしの名前を呼んだ。ナタリーのことなんてまだ全然知らないけれど、似合わない表情をしていると思った。機嫌をうかがうようで、らしくない感じがした。

「明日もボクの友達になってくれるかい？」

やっぱりナタリーってわからない。友達って毎日なるものなの？　いちいちことわりを入れ続けておかないと、すぐ他人に戻ってしまうものなの？

友達を持ったことがないのを知られたくなくて、受け流すように答えた。

「べつにいいけど」

口元がゆるんで変な顔をしてしまうのが恥ずかしくて、嫌なことがあったわけでもないのにうつむいてしまって、それが余計に恥ずかしい。

ナタリーは小鳥のさえずりみたいな声で笑った。

「ありがとう。じゃあバイバイ、ソフィア」

バイバイ、その言葉と、遠ざかっていこうと体の向きを変える姿のせいで、わたしは勢い任せに、ナタリーの手首を摑んでしまった。布越しでも人肌に触れなれていなくて、全身に鳥肌が立って胃がひっくり返りそうだったけれど、それでも手放すことはできなかった。

「やめて。わたしその挨拶大っ嫌いなの。人を冷たく突き放す最低の言葉よ」

起き上がってくる遠い記憶を封じ込めようとして、つい早口になってしまう。

「じゃあ、また明日？」

「それも嫌い。明日どうなるかなんて誰にもわからないじゃない」

「じゃあなんて言うんだ」

ナタリーはおどけてみせながら、わたしの言葉を待った。わたしが握ったままにしていた手首を離そうとしたら、逆にわたしの手首を摑んだ。握手するみたいにお互いの手首を握って、きっと誰かが通りかかったら、すごく変だと指をさすだろう。

どうしてかな、ナタリーと見つめ合っていると、頭にかかっていた霧が晴れていって、ぴったりの言葉が現れた。

「おやすみ。一日の最後の挨拶は、おやすみが一番いい」

ナタリーが一歩近づき、わたしも一歩進む。どちらともなくクスクス笑い合った。

「おやすみ、ソフィア」

「おやすみ、ナタリー」

手首を離し、道路から家の方へと、体が遠ざかっていく。

玄関のドアを開ける直前、少しの期待を込めて振り返った。今まさにミスター・ブラックの家に消えていくナタリーは、最後に右手だけを外に出したまま、風にハンカチがなびくみたいに、軽やかに振った。わたしはそれが嬉しすぎて、その場にうずくまってしまった。明日どうなるかなんてわからないけれど、今日のナタリーはわたしの友達だった。それだけで十分だった。

後から後から溢《あふ》れてくる感情をなんとか吞み込んで、いつも通りのわたしに戻る。バーに行って、パパのお手伝いだ。

「いま帰りました」

リビングにわたしの声が吸い込まれる。

あ、これマズいやつだ。

リビングに入った瞬間、わたしは自分が何かをやったせいかやらなかったせいで、パパの機嫌を損ねてしまったのだと確信した。どうしよう、どうしよう。

パパはわたしに背を向けて、ギターの調弦をしていた。机には湯気の立つマグカップがある。中はたぶんコーヒー。

わたしは床に視線を落として、テーブルまで歩いた。

「ただいま、パパ」

「シャツがない」

ああ、しまった。

ぞっとして鳥肌が立つのに汗が滝みたいに背中を流れる。上手く息ができない。

洗濯機を回しそびれたんだ。昨日やらなくて、今日もやっていない。だからパパのシャツがない。

「今日は寝間着のまま店に行くか。客が驚くだろうな」

「ごめんなさい、すぐに用意するから」

「なんで俺が必死こいて働いてる横で、タダ飯喰らいのお前は余所者と遊んでるんだ？」

わたしはパパが次に何をするのか予想できた。だから避けようと思えば避けられた。

けどそんなことをしたってどうにもならない。パパが怒っているのはわたしのせいなのに。

だから、わかりきっている未来を棒立ちで受け入れた。パパがマグカップを乱暴につかんで、その中身をわたしにぶちまける動きが、スローモーションで見えても、逃げなかった。

熱いコーヒーを体で浴びる。顔にかからなかったのはラッキーだ。

すぐに冷やしに行かないともっとひどいことになる。でもまだ動いちゃいけない。

パパはゆっくりギターをケースにしまい、わたしに背を向けたまま吐き捨てた。

「今夜は店に来るな。お前は本当に」

最後まで言わず、そしてわたしを見ることもなくパパは店への扉を穴が開いてしまいそうな勢いで蹴飛ばし、行ってしまった。扉は何度かぎこちなく揺れて、呆気なく閉まった。

リビングが時計の音を取り戻したら、すぐにタオルを冷たい水で絞って、腕にのせた。腕でよかった。顔さえ、人目につくところさえ壊れていないように見せられればそれでいい。シャツを着替えて、洗濯機に放り込んだ。この時間からじゃあんまり乾かないかもしれないけれど、パパの分だけは、ドライヤーを使ってでもどうにかしないと。

洗濯機がグルグル回る。腕がヒリヒリする。

暗がりに向かって呟いてみた。

「おやすみなさい、パパ」

返事は無い。時計の音ばかりが、やけに大きく聞こえる。

長い夜が来た。

# 第二週　月曜日のナタリー・クローバー

新聞配達の音で目を覚ましたら、洗面所に直行した。昔に比べて、薬を塗り込むのが上手くなったと思う。腕はまだ少しヒリヒリするけれど、ちょっと赤くなるだけですんだ。

芝生に水をあげようと庭へ出たら、ミスター・ブラックがバラの葉っぱに霧吹きで水をかけ、キレイな布で拭いていた。わたしが笑いかけると、いつもは軽く流し見したらすぐ庭の手入れに戻ってしまうミスター・ブラックが、今日はじっとわたしを見つめたままだった。

あの家で二人がどんな風に暮らしているかについては、まだ全然聞けていない。

わたしは昨日感じたナタリーの手の温度を思い出しながら、少しだけ勇気を出した。

「あの、今日もナタリーと遊んでいいですか？」

ミスター・ブラックは無言のままうなずきもせず、まるでわたしを審査するみたいに、目を細めて眉間《みけん》にシワを寄せた。わたしが困って愛想笑いをすると、家の中に消えてしまった。

てっきりナタリーを呼びに行ってくれたのだと思ったら、十分経っても扉が開くどころか声一つ漏れてこなかった。まだ寝ているのかも。自分を納得させて、芝生に水をやることにした。蛇口から水を出すとき、ついでに上着の袖をまくって、また腕を冷やした。お皿の汚れを洗い落とすみたいに、この赤みも消えてくれないかと乱暴にこすってみたけど、ますます赤くなるだけだった。腕の感覚がなくなってきたところで、蛇口を閉めた。くしゃみが出た。

月曜日はお店が休みだから、パパはいつもお昼過ぎまで寝るし、遅めのランチを食べたら夜まで部屋にこもる。そのせいか、月曜日の午前中はエディがずっとリビングにいる。

エディはソファで、シリアルを箱から手づかみで食べていた。わたしの腕を見ると、何かを言おうとして、目を逸《そ》らした。わたしは大慌てでまくっていた袖を直して、必死でなんてことないように振る舞った。

「ちょっとエディ、お行儀悪いよ。お皿に出してから食べて」

「皿を洗う手間が省けていいじゃないか。節水だよ、節水」

「もう、テキトーなんだから。今日はお昼ご飯いるの？」

「あと二時間で出るからいい。夜も、ロバートさんのとこで夕飯付きベビーシッターだから」

シリアルの箱を傾けて、エディは大きな口に全部吸い込んでしまった。食べ盛りなのかな。

「いっぱい働くね。そんなにお金貯めて何を買うの？」

「月の権利書だな」

お金の話をすると、エディは必ずはぐらかす。わたしはそれがわかっていても、何ヶ月かに一度、まったく同じ質問をしてしまう。

エディはこの家を出て行くつもりなんだ。学校を卒業したら、貯めたお金をボストンバッグに詰めて、橋を渡るんだ。

その前に免許を取るのかも。エディは車を運転できない。免許を取るにはお金がかかるし、パパは生きるのに必要な最低限しか、エディのためにお金を払いたくないようだった。わたしもできれば、エディに車やバイクを持って欲しくない。

　わたしが七歳になって自転車を漕《こ》げるようになるまで、エディはいつも自分の自転車の後ろにわたしを乗せてくれた。二人乗りは危ないからやめろと大人に怒られても、それを無視して坂道をすごいスピードで下った。あの頃は毎日のようにエディとくだらないことで喧嘩《けんか》をしていた。どっちのお皿のハンバーグが大きいかとか、そういう小さな、平和なことで。どんなにひどい喧嘩でも、最後には抱き合って仲直りできていた。

　エディが今のようになってしまったのは、中学に上がってからだったと思う。体が急に大きくなって、声が低くなって、子供から大人になっていった。それに合わせて、パパがだんだんとよそよそしく、そっけなくなっていったのを覚えている。エディが何か悪いことをしたわけじゃない。しいて言うなら、パパにとっては都合が悪いことだったのかもしれない。わたしもエディもパパも、みんな戸惑っていたけれど、町のモットーに従って、話し合いも何もしないでいた。

　いつも一緒にいた親友が元親友になってしまったのも、その頃だった。葬儀屋の孫の、ノア・ブレット。頭が良くて運動ができて、サラサラの黒髪とチャーミングな笑顔がとても素敵だった。ノアはエディと同い年で、わたしを本当の妹みたいに、エディ以上にかわいがってくれた。二人は言い争いをすることがあっても、本気で傷つけあうことはしなかった。二人を見ていると、わたしも親友が欲しくなった。あの時間は、本当に平和で、幸せだった。

　この町の子供はティーンになると、ほとんどが自動的に不良になる。ノアもある意味では道を踏み外さないで、悪いことをするようになってしまった。エディはそうはならないでいてくれたけれど、一人で考え事をすることが増えて、部屋にこもってばかりになったかと思えば、バイトに明け暮れるようになった。

二人はわたしを残して、それぞれ別の方へ行ってしまった。置いて行かれたわたしは、当てのない期待にため息をついて、思い出で自分をなぐさめている。

もうエディはわたしを自転車の後ろに乗せてはくれない。不満があっても言葉にはしないで、いつの間にかうやむやになっている。誰とも喧嘩なんかしない。親友と離れていったように、今度は町から離れていってしまうに決まっている。エディは変わってしまった。あの頃をなつかしんでしまうくらいには、わたしたちの関係も。

ノアとエディのことを思うと、昨日の別れ際、ナタリーが言ったことに重なってしまい、胸の奥がざわざわとしてしまう。友達という状態を守り続けることは、そんなにも難しいことなのだろうか。家族は、どうやったって家族のままなのに。

エディはシリアルの箱を崩してゴミ箱に放り投げた。テレビをつけて、チャンネルをガチャガチャ変える。こうなると一時間はソファから動かない。

わたしは自分用のシリアルとミルクをお皿に入れて、ソファの肘掛けにまたがった。品が無いから、パパの前では絶対にできない。

「ねえ、観たい番組ないならテレビ消せば？」

「おれは番組を観てるんじゃない、テレビを見てるんだ。そういえばソフィ、ブラックさんのとこに来た子と仲良くしてるんだって？　昨日カフェでウワサになってた。屋根に上ったらしいじゃん」

「うそ、誰か見てたの？　待って、ジュディ・ハーモンでしょ。絶対そう」

同級生のジュディ・ハーモンは、学校一のウワサ職人。どこにいても火種をかぎつける、大人たちの忠実な犬。あることないこと騒ぎ立てて、何でも大げさに話すところが昔から嫌い。

「その子はいなかったけど、みんな見たって話を聞いたって言ってた」

情報源がうやむやなのも、ジュディ・ハーモンのよくやる手口。

「お願いだから放っておいて」

「わかった。でも怪我《けが》するなよ」

「気をつけます」

ミルクを飲み干して、お皿を片付けた。お菓子をもらえないか期待したのだけど、今日はないみたい。わたしは窓辺で本を読みながら、ナタリーが現れるか、エディが話しかけてくれるのを待ったけれど、どちらもわたしの思い通りにはなってくれなかった。

十二時になって、エディは出かけてしまった。月曜日のお昼は町役場で書類整理のバイト。本当は大人を正式に事務員として雇わなければいけないはずなのに、町長がエディを気遣って、仕事を回してくれているらしい。エディがお金を貯めている理由を知っているのかな。そう考えると、仲間外れにされている心地がして、ただただ悲しくなる。

エディがいなくなるのを見計らって、パパが下りて来た。わたしは目覚めのコーヒーを淹《い》れて、新聞と一緒にテーブルへ置いておく。

「おはよう、パパ。ブランチは何がいい？」

どうかパパがわたしを無視しませんようにと心の中で祈りながら、できるだけ明るく、何事もなかったように話しかけた。

パパはイスに座って、コーヒーを一口飲んだ。

「美味《うま》いもの」

よかった、わたしを世界から消さないでくれた。

「ねえパパ、パンケーキとワッフルだったらどっちがいい？」

「具は？」

「ツナと卵と、あとクリームチーズ。生野菜を添えて」

パパが振り返った。灰色の瞳には、ちゃんとわたしが映っている。

「パンケーキでいこう」

変わらない日常を、わたしは守れたみたいだ。

食事中はパパが昨日バーで聞いた話を、面白おかしく話してくれる。シャツのボタンを首元まで全部留めていた常連さんが、食べ過ぎたせいでそのボタンが弾《はじ》け飛んだとか、飛んでいったボタンがフィル・スチュワートのおでこに直撃して気絶したとか。

「それで？　フィルはどうなったの？」

「倒れたとき戸棚に頭をぶつけてな、脳しんとうを起こしてるかもしれないって誰かが」

「脳しんとうなんかになったら死んじゃうんじゃないの？」

「いや、そりゃ打ち所が悪けりゃ大事《おおごと》かもしれないが、アイツはひ弱なだけだからな。とにかく誰が通報するかで客が揉《も》めだして、腕相撲が一番弱いヤツにしようってことになってな。それで試合が盛り上がりすぎて、決着する頃にはみんなアイツのことなんか忘れてた。気づいたら起きてたしな」

　わたしは何度も口を押さえて大笑いした。パパは話し上手で、ご機嫌なときは本当に楽しい。おまけに、パンケーキの焼け具合も最高。

　台所の片付けが終わる頃になって、ようやくわたしはナタリーの存在を思い出した。昨日あんなことを言っていたくせに、どうして出てこないんだろう。もう十三時をとっくに過ぎている。わたしが買い物に行くと言うと、パパは二階に上がってしまった。

　来るか来ないかわからないナタリーのせいで何をするにも身が入らなくて、意味もなく引き出しを開けたり閉めたりしていると、ドアが三回、ノックされた。

　わたしは窓から誰が来たのかを確認もしないで、ドアを開け放った。ナタリーに違いないと胸が躍《おど》った。来るのが遅いと文句を言ってやろう。でも、謝ったら許してあげる。

　またキザなポーズをして待ち受けているかと思ったら、今日のナタリーは握った手を胸の前に持ってきて、小さな子供みたいに目を輝かせていた。

「あなたがソフィアね！　グローブをくれたお向かいさん！」

　目の前にいるのは確かにナタリーだし、ヘアバンドと短パンが今日は紫色なことを除けば、昨日、一昨日と同じ格好だった。茶色いカバンを肩からかけているし、グローブだってちゃんとつけている。それなのに、何かが変だとか、そんな軽く流せる程度の違和感じゃない。

「会えて嬉しい！　今日から一週間よろしくね、親友」

　あのうさんくさい、お芝居みたいな喋《しゃべ》り方とはまるで違った。いかにも元気いっぱいという感じで、大声で、そしてすごくバカっぽい。

「アンタ、誰なの？」

目の前の女の子は、華麗にターンを決めながら後ろに下がり、回りきると胸に手を当ててバレエみたいなポーズを決めた。

「ナタリー・クローバーだよ、はじめまして」

ニカッと笑って、白い歯が光る。

わけがわからなかった。

自称ナタリーは、困り切っているわたしの手を引っ張って道路を渡った。

「いろーんなこと話そうね！　町のこともたくさん教えて！　ソフィアのことも全部知りたい！あ、交互に一個ずつ話すんだっけ？」

「ちょっと待って、全然わからないんだけど」

「だいじょーぶ！　アタシもよくわかってないから！」

わたしは道の段差やミスター・ブラックの庭のレンガに何度もつまずいて転びそうになったけれど、前へ前へと引っ張られていたおかげで、なんとか倒れずにすんだ。

自称ナタリーは軽々と屋根に上って、わたしに手を伸ばしてきた。逆光で顔が暗くなって、目だけが水晶みたいにキラキラしている。

「ほら、早く来て。時間は待っちゃくれないよ。追い越すくらいの意気込みで生きなきゃ！」

なにがなんだか一つもわからない。

けれどたしかに、この子はナタリー・クローバーなのだと思う。繋《つな》いだ手の温度が、昨日と同じだから。

ナタリーに続いて、窓枠と壁のレンガを蹴《け》った。まさか二日連続で屋根の上に座るなんて。角度のせいで、ここからじゃ白い正面玄関は見えない。色を一つ失った風景は、霧と雲だけのせいにできないくらい、陰っていた。新しい色を求めて、屋根から屋根へ視線を滑らせてみたけれど、町の際《きわ》で止まってしまった。今日も橋はそそり立っていて、霧はもっと途方もない。水平線なんてものは、本の中にしかないのかもしれない。

「ねえ、こんなことしてミスター・ブラックは怒らないの？」

「大丈夫！　おじいさん言ってたよ、なんでもアタシのしたいようにしていいって。夏休みに冒険はつきもの、好きなだけ楽しめって」

ミスター・ブラックって、家の中だとしゃべるんだ……。まるで想像できなくて、頭がこんがらかってしまう。

「ねえ、アンタなんで今日はそんななの？」

「そんなってどんな？　アタシはこんなだよ」

「昨日までと全然違うじゃない」

ナタリーがすっと立ち上がった。

「そりゃそうだよ。アタシ、生まれ変わったの」

そんな都合のいい話がこの世界にあるだろうか。服を着替えるみたいに、昨日までの自分とおさらばするなんて。

でも、嘘をついてはいない、それだけは伝わってきた。出所のわからない、いいかげんな自信に満ちた昨日までの話し方と違って、太陽は東から昇りますと人に説明するみたいに、当たり前の事実をあっけらかんと口に出しているだけに感じられた。

「もうちょっと詳しく、わかりやすく説明して」

「ダーメ、今度はアタシが質問する番だよ」

ナタリーはカバンに手を突っこんだ。出てきたのは地図とガラスペンじゃなくて、分厚い本と、サインペンだった。取材をするみたいに、本を開いてニヤリと口角を上げる。

「ソフィアの好きな色は？」

「アンタ昨日も同じ質問してた」

「そうかい」

それも昨日言ってたし。

「でも今週のアタシはまだ知らないの。ほら、答えて」

「好きな色なんてない」

「じゃあオレンジってことにしよう！」

「……お好きにどうぞ」

今日のナタリーは昨日までよりもずっと強引だ。

「またわたしの番ね。生まれ変わるってどういう意味？」

ナタリーがサインペンを左手で回した。昨日はガラスペンを右手で回していたのに。

「『忘れる』って意味だよ。昨日までのことはぜーんぶ忘れちゃったの。だから今日からは新しいアタシ。じゃあ次、将来の夢は？」

まさかそんなことを聞かれるとは思っていなくて、わたしは面食らってしまった。

「……そんなものない」

つまらない答えに、ナタリーはわかりやすく口を尖《とが》らせた。

「え～、じゃあ夢じゃなくていいからさ。願い事とか、これだけは絶対にするぞっていう計画とかさ、一つもないの？」

人生の計画。それなら一つある。

八歳のときに思いついて、それからずっと人生の軸にしている計画が。

「一つだけある。そのためにお金も貯めてる。でも言いたくない」

「そうかい」

あっさり引き下がられて拍子抜けしたけど、安心もした。この計画だけは誰にも言わないと決めている。エディにも、パパにだって。

わたしは短く、素早く答えることを心がけて、質問に専念した。

けれどナタリーはどんな質問をしても、肝心なところは一向に教えてくれなかった。わたしの周りって、そういう人ばかり。だからいつも、わたしばかりが損をしている気分になる。雨の降り始めにドロドロになった地面の埃《ほこり》や砂みたいに、みじめでつまらない。

質問に答える中で、ナタリーは自分を、『毎週生まれ変わる』のだと表現した。人生は月曜日に始まり、日曜日まで続く。日曜の真夜中に何もかもを忘れて、また新しい人生が始まる。大切なことは全部、二冊の本に書いてある。日記と、ゴールデン・ルールブック。

このめちゃくちゃな情報を手に入れるために、わたしは好きな食べ物は表向きはハンバーグだけど、本当はチョコチップクッキーなこと、服のほとんどはエディのお下がりなこと、学校で受けている授業のこと、そして母親がいないことを話さなければいけなかった。

今週のナタリーはわたしが一番深く聞かれたくない部分、家族のことを知りたがった。

「それで？　ソフィアのマミーはどこへ行っちゃったの？」

「知らない。興味もない。アンタの親こそ何してるの」

「死んじゃったらしいよ。交通事故で」

「……ごめん」

「いいよ、アタシにとっては知らない人だもん」

でも親でしょ、そう言おうとしたけど、声にはできなかった。

記憶さえなければ、親とでも他人になれてしまうものなのだろうか。

母親とはもう五年も会っていないし、一度だって手紙が来たことは無い。それでも毎朝、鏡で自分の顔と向かい合うと、そこに母親の影が映っている。髪も目もえくぼも全部母親譲り。だからパパに憎まれる。だから大人になりたくない。

「なんか屋根の上も飽きてきたね」

ナタリーは地図を広げた。

「まだぜーんぜん地図もできてないし、どっか連れてって。イチオシのとこ」

そんなことを言われたって、風変わりなよそ者をもてなせる素敵な場所なんて、なんの心当たりもない。

仕方なく、わたしはナタリーを公園に連れて行った。一昨日、ブランコの柵の上にナタリーが立っていた公園。ブランコとすべり台とシーソーと砂場しかないし、その数少ない遊具も全部、チェリータウン色。

「この色は誰の趣味なの？」

あまりにも率直な質問に、わたしはむせてしまった。

「誰のっていうか、この町じゃハッキリした色は好かれないの。アンタの短パンの色とか」

咳払いをして、付け加えた。

「でも、わたしはすごく似合ってると思うよ」

照れくさくても、正直な心を伝えるのは気分がいい。

「そうかい」

せっかく褒《ほ》めたのに！

ナタリーはブランコに飛び乗って漕ぎ始めた。砂場で遊んでいた男の子二人が、こっちを不安そうに見ている。わたしが肩をすくめると、わたしたちなんていないみたいに、大声でヒーローごっこを始めた。あの歳でもう、町のモットーが染みついてしまっているらしい。

わたしは背後から、もう一つの視線を感じた。好奇心むき出しの、いやらしい視線。

振り返れば予想通り、公園の外にジュディ・ハーモンがいた。シルクのブラウス、大きな黒いリボン。フレアスカートはお腹に食い込んでいて、ちょっと苦しそう。なんてことのない夏休みの一日を、わざわざよそ行きの服で過ごすのがジュディ・ハーモンだ。両親に愛されていることをひけらかしている、嫌みな子。紙に「愛娘《まなむすめ》」って書いて、顔に貼り付けとけばって感じ。

「用があるならさっさと言って。何もないならこっち見ないでくれる？」

今はブランコに夢中になっているナタリーが気づく前に、このハエを追い返したかった。

ジュディ・ハーモンは公園には入ってこないで、歩道でしたたかにせせら笑った。

「あなた、よそ者とかなり仲良くしてるみたいじゃない。『バビロン』で買い物してプレゼントまでしたんでしょ？」

「用件は確認だけ？」

「そういうウワサが流れてるって忠告しに来てあげたの。あの子どこから来たの？　歳は？」

「そんなの本人に直接聞けばいいじゃない」

「町の人もみんな心配してる。変なのと一緒にいるとおかしくなるって。あなたのお父様に頼めば、あんなよそ者、すぐに追い出せるでしょ。なぜそうしないの？」

わかったようなこと言うな。スカートがきつくなるくらい親からデザートやお菓子を食べさせてもらえるアンタと、わたしは違うんだ。誕生日のたびに、盛大なパーティを開いてもらって、大きなケーキを食べられるアンタなんかとは。

「そう、じゃあパパに相談してみる。わざわざありがとう。持つべきものは趣味のいい暇な同級生だね」

わたしの皮肉に返事はせず、ジュディ・ハーモンは顎《あご》をつんと上げて、モデル歩きをして去って行った。ああ、時間の無駄だった。

ナタリーはまだこの町に、良いものも悪いものも持ち込んでいない。町は変わらず曇り空で、特別なことは起こらない。昨日を切り刻んでつなげ直した、使いまわしの一日が果てしなく続く。

「ねえソフィア！　見て！　このまま一回転できちゃうんじゃないかなぁ！」

ナタリーが漕ぐブランコのスイングは、ありえないぐらいの角度になっていた。ガチャンガチャンと危ない音がする。砂場の男の子たちも手を止めて、ブランコを見上げていた。

ブランコが最高点に達した瞬間、雲の隙間からまっすぐ光が射した。舞台照明がクライマックスで主役を照らすように、ナタリーは光の中心にいた。

雲と霧におおわれた町の中で、めまいがするほどに、ナタリーだけが太陽と共にある。

夢をみているようだった。まばたきをしたら本当に霧の中の幻になってしまいそうで、わたしは永遠にも感じられる時間の中、ナタリーが目をつむって笑うのを眺めた。

漕ぐのをやめたナタリーは、ブランコから飛び降りて、つま先立ちで一回転してみせた。

「あ〜楽しかった！」

ナタリーは自分を満足させる方法を知り尽くしているらしかった。どうやって人生を最高のものにするか、それだけを考え、毎日を特別な日にする魔法を心得ているのだ。

わたしたちは昨日と同じように、家の間の道路で別れた。

これも昨日と同じように、わたしからナタリーの手首をつかんで、昨日と同じ説明をする。

「おやすみ、ソフィア」

「おやすみ、ナタリー」

その晩はナタリーの夢をみた。

わたしたちは二人そろってブランコを漕いで、最高地点まで上がると、小鳥になって光の世界へ旅立った。そこには痛みも苦しみもなくて、わたしはお腹いっぱい、チョコチップクッキーを食べられた。

翌朝はお腹が減って目が覚めた。

冷静になって考えてみると、わたしは結局、なぜナタリーが日曜日までのことをキレイサッパリ忘れられるのか、なぜ一週間周期なのか、そこのところを聞きそびれていた。

一方で、ナタリーが人生をとことん楽しんでいる姿をみていると、そういう重要そうな疑問がどうでもよくなってしまうのも本当で。

わたしは友達を持ったことがないから、どうするのが正しいかなんてわからない。わたしが言ったことの八割にナタリーは楽しそうに返事をしてくれるし、残りの二割は「そうかい」で済ませてくれるから、付き合い方は、いまのところ合っていると信じたい。

ナタリーは地図にブランコの絵を描いて、横には『カーキ色の世界』と言葉を添えた。

何も疑わず十三年間過ごしてきたけど、ナタリーの目を通して見るこの町はヘンテコで、色合いが単調で、そしてちっとも面白くない。

ナタリーに言わせると、『バビロン』は内装がディスコなのに売り物は社交ダンス的で、スーパー『コースト』は店員と売られている魚が同じ目をしているのだとか。褒められていたのはカフェ『オウル・ミルフィーユ』で、バニラアイスにチョコスプレーがかかっているのが、お気に召したらしい。バイトの高校生がパパに告げ口するかもしれないので、わたしはナタリーが甘い物を食べている向かいで、ガム抜きのアイスカフェオレを飲んだ。

「アンタ、そのお金は誰からもらったの？」

ナタリーは一番高額なお札が三枚も入った封筒で、パタパタと顔を扇《あお》いだ。

「夏休みのお小遣いって施設の人がくれたみたい。でもアタシ服も化粧品も買わないし、ご飯代はおじいさんがくれるから、こんなにいらない」

一つ質問してしまったから、次はわたしが答える番。

「ソフィアはお父さんからいくらもらってるの？」

「パパはくれたことない。お店をお手伝いすると、お客さんからチップをもらえるの」

暇をしている店員が聞き耳を立てていた。だからここから先は、にごしてしまう。

「それで服とか文房具を買ってる」

ナタリーはいつも通り「そうかい」と言って、オレンジジュースを追加で注文した。

火曜日と水曜日は、そんな風に過ぎていった。わたしは洗濯機を回しそびれるようなヘマをしなかったし、ナタリーがすれ違う人から白い目を向けられるのも、気にならなくなってきた。

地図は少しずつだけど、道や文字や記号が充実してきて、そろそろ遠出をしようという話になった。バスは走る範囲が限られているし、歩きだと帰りが遅くなるから、自転車が一番いい。けど、ナタリーは自転車もスクーターも持っていなくて、お小遣いで買ったとしても施設には持って帰らせてもらえないみたいだった。

「日記に書いてあったんだけど、車でおじいさん家《ち》まで連れてきてくれたお姉さんがとーっても意地悪なんだって。だから服以外は持って来れなかったみたい」

「あのガラスペンは？」

「あれはおじいさんがくれたの。すごく優しいんだ」

ナタリーはミスター・ブラックについて多くは語らないけれど、いつも優しい顔をする。二人の間には、確かな絆《きずな》があるらしかった。それが、遠くても親戚だから生まれたものなのか、ナタリーが特別な子だからなのか、わたしはそんなところばかりを気にしてしまう。

ともあれ、わたしはナタリーを自転車の後ろに乗せてあげる約束をした。いつも乗せてもらう側だったから、上手く運転する自信はない。ずっこけたり、よろけたりしてしまっても、ナタリーなら気にしないようにも思える。

明日の冒険が楽しみ過ぎて、その晩はちっとも寝付けなかった。

真夜中に何度も目が覚めて、汗をぐっしょりかいた。

眠れないのは楽しみのせいじゃなかったみたい。吐き気と頭痛、腹痛と腰痛。

トイレに行けば、予想通りだった。鎖で縛られて段ボール箱におし込められたみたいに、体はいうことをきかないし息苦しい。

とてもじゃないけど、ナタリーとの約束は守れそうにない。情けなくて、涙が出そうだった。

パパとエディには「体調不良」とだけ伝えた。こう言うと二人は察して、放っておいてくれる。

パパはこの状態のわたしには絶対に近寄らなくて、今日もさっさとお店に行ってしまった。夜中まで帰ってこないだろう。エディはパパの姿がリビングから消えると、わたしに色んな種類のチョコが入った大袋をくれた。

「どっか引き出しの奥に隠しとくんだぞ」

塗り絵の下にしまって、バイトに行くエディを見送った。

気晴らしに、ブランケットを羽織って、ホットミルクを飲みながら窓の外を眺める。しばらくするとミスター・ブラックが出てきて、わたしも急いで外へ出て声をかけた。

「すみません、ナタリーを呼んできてもらえますか？」

ミスター・ブラックはうなずいてはくれなかったけれど、ゆったりとカタツムリみたいな動きで家に入り、入れ替わりでナタリーが陽気に現れた。

「おはようソフィア！　どうしたの？」

わたしは道路まで歩く気力もなくて、なんとか声を振り絞った。

「おはようナタリー。悪いんだけど、体調がすごく悪くて。出かけるのは明日でもいい？」

「大丈夫なの!?」

ナタリーは顔を真っ青にした。今日の短パンと同じ色。

「うん、一日休めば回復するから」

「そっか、お見舞いカード書いて十五時くらいに家の前に置いとくね！」

「ありがと」

ナタリーのことだから、「そうかい」と一人で遊びに行ってしまうものだと思っていた。カードなんてもらったことがない。体調はまだまだ最悪だけど、気分はすごく良くなった。

パパもエディもいなくて、だれのご飯も用意しなくていい。体調不良を言い訳に掃除も洗濯もしてやらない。考えようによっては最高だ。

さっそく隠したばかりのチョコの袋を開けた。クランチ、ウエハース、キャラメル。やっぱりエディはよくわかってる。

十五時まではうんと長く感じた。本を読んでも、お昼ご飯を作っても、ソファに寝転がって天井とにらめっこしても、時計の針は全然進まない。無理してお昼ご飯を食べたせいで気持ち悪いし、さっきから汗が止まらない。

体調が悪いと嫌なことを考えたり思い出したりしてしまって、そのせいでますます体調が悪くなる。こんな日は霧が家の中にまで入ってきて、どこにも行こうとしていないわたしを閉じ込める。悪夢が終わらない。

トントントントンッ。

せっかちなノック。ナタリーじゃない。このノックの仕方には覚えがある。無視をしたら、この人は絶対にお店の方へ行く。そうしたらわたしがパパに怒られるんだ。

ブランケットを羽織り直して、いやいや扉を開けた。

「もう、いるのならもっと早く出てちょうだいな」

赤紫の口紅がべったり塗られた唇が歪《ゆが》んだ曲線を描いていた。大柄でパーマのかかりすぎた髪が蛇みたいにうねって、威圧感に踏みつぶされてしまいそう。

町長夫人が、手紙を持って立っていた。丈の短い薄紫色のワンピースが、風にヒラヒラなびいている。とてもじゃないけど、年相応な格好じゃない。

「こんにちは、パパに用ですか？」

「いいえ、お友達にティーパーティの招待状を届けるついでに、あなたの様子を見に来たのよ。最近ちっともうちへ遊びに来ないんだから。そういえばブラックさんのところに来た女の子と仲良くしているんですって？　大丈夫なの？　何か困っていることはない？」

息をする暇もくれずに立ち入ったことを聞いてくる無神経さで、気分の悪さが加速していく。母親がいないのを気遣って、夫人はわたしにやたらと構ってくるのでうんざりする。

金切り声を聞いていたら胃がムカムカしてきた。一秒でも早く消え失せてほしい。

「大丈夫です。今日はちょっと調子が悪いので、もう失礼しますね」

わたしがドアノブに手をかけるよりもはやく、夫人が抱きついてきた。息ができない。苦しさと、気持ち悪さのせいで。

「まあかわいそうに！　そうよね、男共はこの問題のときは頼れないものね。いいのよ、私が何でもしてあげるから。欲しいものはなにかないかしら」

普段はわたしの敵意に少しだって気づかないのに、こういうときにかぎって察しが良いんだから。いなくなれっていう一番の本音には、まるで鈍感だから耐えられない。

「いえ、今はもうかなり良くなったんです。おかまいなく」

それとなく夫人を引きはがして、ドアノブに手をかけた。夫人は食い下がってうちに入ろうとしたけれど、丁重にお断りをした。

もう一度わたしに抱きついてから、自分こそがこのちっぽけな子供を救ってやれるのだと聖母気取りで身の程知らずな夫人は、ようやく帰ってくれた。

夫人が家の周りから完全にいなくなったことを確認して、ソファに倒れ込んだ。

動悸《どうき》、息切れ、熱、汗、頭痛、吐き気、エトセトラ。

クッションをつぶれるくらいに握りしめ、無意味だとわかっていながら、昔のわたしを恨んだ。

初めて生理が来たとき、周りに頼れる人がいなくて、でも怖さと苦しさでパニックになってしまったから、たまらず町長の家を訪ねた。夫人に助けを求めてしまった。

わたしは悪い企《たくら》みがバレたような気まずさと恥ずかしさで死んでしまいそうだったのに、夫人は始終楽しそうだった。下着の洗い方とか、ナプキンの種類とかを、日曜だったから家にいた町長にも聞こえるような声で話すのだ。そして二言目には、「かわいそうに」。

それだけなら、別によかった。すぐにこの話を終わりにできた。

問題は、夫人がこの件を茶飲み友達に話してしまったことだ。そのおとぎ話の中で、夫人は慈悲深い女神になり、わたしは憐《あわ》れまれるべきみなしごにされた。

母親のいない、かわいそうなソフィア。

お父さんとお兄さんには頼れないものね。かわいそうな独りぼっちのソフィア。

おかげで夫人のご友人たちまでわたしに声をかけるようになった。いい歳して子供より口も頭も軽い夫人は、店にまでやってきて、パパにもすべてを話してしまった。常連さんに聞かれたらわたしが困るだろうと開店直前に来たのだけれど、気の回し方がどうかしている。どうして、放っておく、ただそれだけのことをしてくれないの。

町の女は、だいたいがこの調子。奇妙な連帯感があって、なんでも共有しようとする。他人の秘密をデザートにしてお茶会を開く、人をみじめにさせるのばかりが上手な、灰色の大人たち。

気分はどん底で、わたしはソファに沈み込むように眠りに落ちた。

底なし沼で浮いたり沈んだりする夢を何時間もみて、ハッキリと目が覚めたのは十七時過ぎだった。目をこすって起き上がると、だいぶ調子がよくなっていた。

バスルームに行って戻ると、帰ってきたエディが、小さな紙袋を顔の前にぶら下げた。

「ソフィ宛《あて》に、家の前に置いてあった」

ナタリーからだ！

中には手書きのお見舞いカードと、大きなチョコチップクッキーが五枚入っていた。わたしの大好物！

嬉しさに跳ね回るような気持ちでいると、エディがあったかいミルクティーを淹れてくれたので、お礼に一枚あげた。

エディはテレビをつけ、ソファに座ってクッキーをかじった。わたしも隣に座る。テレビの方を向きながら、エディは優しく呟《つぶや》いた。

「いい友達ができてよかったな」

「うん」

誰がナタリーのことをどう言おうと、どうでもいいって思ってた。

でも、エディが認めてくれて、いまこんなにも嬉しい。

わたしの初めての友達だから。


翌日、わたしはエディがくれたチョコの大袋からウエハースのやつを三個取って、ナタリーに渡した。他にお礼として渡せそうなものなんて持っていなかったから。

ナタリーはその場で全部食べてしまうと、わたしの体調不良については深く聞こうとしないで、今日はどこへ行こうかと一方的にしゃべった。それだけのことが、何よりありがたかった。

わたしは自転車にまたがって、ナタリーはリアキャリアに横乗りした。

「アンタ本当に軽いわね」

「エコなんだ」

意味は全然わからない。

危ないからやめた方がいいと言ったのに、ナタリーは地図とペンを持って、町を眺めて気に入ったものを描いていた。どこにも摑《つか》まらないで座っているから、わたしは道を曲がるときはすごく慎重にならないといけなかった。

一回、わざと乱暴に自転車を傾けて曲がったら、ナタリーは体を反《そ》らせてきれいにバランスを取った。わあ、すごい。

そのうちに、ナタリーは歌い始めた。聞き覚えのある、古いメロディ。

「ねえ、なんで『What a Wonderful World』なの？」

「おじいさんの持っているレコードにあったんだ。ソフィアこそよく知ってるね！」

「有名な曲だし……わたしのパパ、ギタリストだから、いろんな曲をきかせてもらってるの」

「ワオ！　じゃあこれもわかる？」

ナタリーはいろんな古い歌を、次々に口ずさんでいった。原曲よりずっと軽快で、どんなに暗くて悲しい曲も、子守歌のように柔らかくしてしまった。

歌い終わったナタリーは地図とペンをしまって、わたしの背中にもたれかかった。ネコが飼い主に甘えるみたいに。

「リクエストある？　歌うよ。アタシの記憶にあるヤツなら」

中身が入っているか確認するみたいに、ナタリーがおでこを拳骨《げんこつ》でコツンと叩いた。もうすぐ下り坂だ。どういう曲が似合うんだろう。ロック？　ポップス？　ジャズ？

悩んだって仕方がない。ナタリーなら、一番素敵なものがわかっているだろうから。

「じゃあ、アンタの一番好きな歌」

ナタリーは迷わず口笛を吹き出した。知っている前奏。またずいぶんと古い歌だ。

「『You've Got a Friend』だね」

パパもレコードを持っているけれど、そんなには聴かないし、ギターでも弾かない。パパがそこまで好きじゃないみたいだから、わたしも何も言ったことはなかったけれど、本当はすごく、すごく好きな歌。

羽根みたいに軽やかに、鳥みたいに自由に、クッキーみたいに甘く、ナタリーは好き勝手に歌う。わたしもつられて、途中から一緒に口ずさんでしまった。

坂にさしかかったとき、ナタリーはわたしの腰に手を回した。一瞬固まってしまったけれど、嫌じゃなかった。タイヤが勝手に回るのに任せて、足を広げた。

自転車が風を切る。霧を突き抜けていく。どんどんスピードが上がって、歌声以外の全部を置き去りにしていく。いま、世界にはわたしとナタリーだけ。あとはハミングがあるだけ。

わたしはすっかり酔ってしまった。ナタリーに対して誠実でいるために、秘密を打ち明けるべきか悩むくらいに。

帰り道、下ってきた坂道を上らないといけないから、自転車から降りて手で押した。下りを楽しんだ分、上りで大変な思いをしないといけない。これは人生そのものと同じ。

わたしはすぐ横を歩くナタリーに言った。

「日曜日にさ、橋まで行ってピクニックしよう」

「明日じゃなくて明後日？　なんで？　いいよ」

「明日はバーの手伝いがあるし、ちょっと色々考えたいことがあるから」

「じゃあアタシは明日一日かけてクッキーを極めるね！　日曜日はピクニックだ！」

また土曜日になった。ナタリーが町に来てから、ちょうど一週間。わたしはまだちょっとだるい体を叩き起こして、朝の家事をこなした。

エディが起きて夕飯の残りを食べていなくなって、パパが起きてわたしはコーヒーを淹れて、パパの向かいで塗り絵をした。何もしていないと、考え事のせいでクラクラしてしまうから。

雲の色を塗るとき、やっぱりパパはわたしが間違ったことをしないか監視したから、緊張して二回も色鉛筆の先っちょを折ってしまった。破片をつまむと、指先が灰色に染まる。パパは満足そうにコーヒーをすすっていた。

お昼を食べ終わったら、パパは一足先にお店へ行ってしまった。わたしは使った食器を片付けて、パパの服にアイロンをかけたら、もうお店へ行くことにした。

廊下を進んで奥の扉を開け、一メートル先にあるもう一つの扉も開けて、段差を降りてカーテンをくぐると、『スモーク&ウォーター』のキッチンに着く。

パパは今日運ばれてきたビールのビンを、ちょうど冷蔵庫に入れているところだった。

「やけに早いな。向かいの余所者《よそもの》とはどこにも行かないのか？」

「うん。毎日出かけてたら疲れちゃうし」

流し台で布巾を濡《ぬ》らして絞り、まずはカウンターを拭く。

「パン屋に行ってくるから、店番してろ。あとたぶん今日はクリスが来るから、キャラメルポップコーンを用意しておけ」

「はーい」

パパはお店の入り口から出ていった。ドアの上につけたベルが、くたびれた音を鳴らす。そろそろ買い換えた方がいいかも。

壁に飾ってある有名なバンドの写真や、ケースに入った古いレコードの埃を、はたきで順に落として、床はモップでとことん磨く。

客が一人もいないときの、空っぽのお店が好き。壁一面に、パパの「好き」が飾ってあるから。それを掃除するわたしも、その一員になれたような気がするから。

カーテンのすぐ隣の壁には、パパの一番のお気に入りである、真っ白なエレアコが飾られている。パパがステージで稼いだお金で買った最初のギター。パパ以外は決して触れることの許されない、何よりも尊いもの。

パパも人前では絶対に触れないけれど、たまにリビングの掃除をしていると、こっそり調弦をしにお店へ行くので、わたしは音が聞こえるように少しだけ扉を開けておく。水面を弾くような、軽快で透き通った音に、こっそり耳を澄ます。今もこうして眺めているだけで、弦の繊細《せんさい》な揺れが奏でる余韻《よいん》が、耳の奥でこだまする。

ずっと浸っていたいところだけど、パパが戻ってくる前にポップコーンの準備だ。タバコ屋のクリスはお酒と一緒にキャラメルポップコーンを食べるのが大好きで、たまにしか来ないけど、チップはたくさんくれるし、お釣りは受け取らないから、ものすごくいいお客様。

フライパンにバターと砂糖を入れ、茶色くグツグツしてきたら生クリームを投入。しっかり混ぜたら、市販の塩ポップコーンを開けて、キャラメルソースと混ぜるだけ。こんなに簡単にできるのに、塩ポップコーンの十倍の値段で売りつけるのだから、いい商売だ。

使った道具を洗っていると、ちょうどパパがパンのたくさん入った紙袋を抱えて帰ってきた。焼きたてパンの小麦の匂いとキャラメルの匂いが混ざって、なんだかケーキ屋さんみたい。

パパは換気扇のスイッチを押して、わたしは受け取ったパンをナイフで切り分けた。開店時間の十六時に来るお客のほとんどは、サンドイッチのような軽食をつまみながら、ちびちびお酒を飲む。パンを出すのが早いほど、もらえるチップは多いから、張り切ってしまう。

キャラメルの匂いがキッチンの上で回転するファンに吸い込まれて消えてしまうと、ちょうど十六時になった。看板をひっくり返すために店のドアを開けると、開店を待ち構えていた客たちがわれ先にとなだれこんできた。それぞれ手土産を持っていて、パパにそれを渡して熱くハグをした。

ここだけの話、パパはハグどころか握手だって嫌いなのに。みんなパパのことを口先では尊敬しているなんて言うけれど、本当は誰も、パパのことをちっとも理解なんてしていない。秘密を知っているのはきっと、世界でわたしとパパだけ。

フィル・スチュワートもやってきて、帽子を脱いでパパに軽く挨拶《あいさつ》をすると、すぐにレジ奥に座ってニキビを掻《か》き始めた。

ここからはノンストップ。オーダーを取り、グラスにお酒を注いで、皿を下げて洗って拭いて、お会計のためにフィル・スチュワートにオーダー票を渡して、テーブルを水拭きして……これの繰り返し。夜遅くまで。

バーで客と楽しそうに話すパパを見るのは好きだけれど、客は苦手。

料理とビールをトレーにのせて運んでいると、客の一人が、わたしの背中を思い切り叩いた。転びそうになったけれど、もう馴《な》れっこだから、何とか持ちこたえたし、ビールも無事。

ただ、思わず声を出してしまったから、他の客たちの視線がわたしに集中した。恒例の絶対に笑えるジョークを期待して、前のめりになった大人たちが、わたしを笑う準備を始める。すぐにでもトレーを客の顔に投げ捨てて、逃げ出してしまいたかった。

目にかかった前髪の隙間から、チラリとパパの顔を盗み見る。パパは客の一人と会話しながら、横顔のまま一瞬だけわたしを見遣《みや》って、すぐに背を向けてしまった。

満を持して、客がもう一度わたしの背中を突き飛ばすように叩く。

「今日は転ばないように気をつけろよ、ドジっ子ソフィア！」

客はみんな、土曜日はこうでなくてはと言わんばかりに、同じ顔をしてお腹を抱える。ドッと笑うから、床や壁が軋《きし》む。リビングにいれば聞かずに済んだものが、右からも左からも浴びせられる。ドアが開いて、新しく客が来て、一体何で笑っているのかと尋ねる。そこでまた「ドジっ子ソフィア」という名前が出て、新しい客も大笑いして席に座る。町の子供がわたしを避けるのとは反対に、大人たちはわたしに構いたがるのだ。

初めてドジと呼ばれたのは五年前で、呼んだのはパパだった。始まりはどんなときでもパパで、客はそれに続くだけ。パパは腕を怪我して足をひねった八歳のわたしを店に立たせると、呆れ顔で指をさした。

「庭に水をやるのはいいが、自分の足元にまで撒《ま》いたせいで滑って転んだんだ。とんでもないドジだろ」

パパの言う通り、わたしはドジをやった。だからわたしは、パパの機嫌をうかがって下手くそな愛想笑いを浮かべることしかできなくて、その態度がまたパパの気に障《さわ》るんじゃないかと、気が気じゃなかった。

パパが大げさに肩をすくめてみせるので、客はそれを真似《まね》たり、わたしを笑ったりした。誰に何を期待していたわけでもないけれど、わたしを心配する言葉なんてとうとう出てきてはくれなかった。

ひねった足をかばって小さく跳ねるみたいに歩くせいで、余計に危なっかしく、またやらかしそうに見えたのだろう。大人たちは暇つぶしにわたしの様子を観察しては、いたずら好きな子供みたいにニヤついてた。

ビールのジョッキを五つ、トレーにのせて歩き始めた直後のことだった。通せんぼをするように、わたしの前に足が伸びてきた。いきなりだった。足が痛いから軽々と避けることなんてできないし、ビールが重すぎて、ただ歩くだけでもいっぱいいっぱいだった。

わたしはこけた。大人たちと、パパが見ている目の前で、盛大に。

ビールを台無しにしてしまった申し訳なさよりも、ジョッキが一つも割れなかったことに安心するよりも、パパの反応を真っ先に考えた。それは客たちも同じで、みんな映画を観ているみたいにツバを吞み込んで、ドジな子供への正しい反応を待ち望んだ。わたしだけが、天国行きか地獄行きかが決定される裁判にかけられた気持ちで、パパを見上げた。

パパは店内をぐるりと見渡すと、朗らかに手を叩いた。

「見たかみんな！　このお優しいお嬢さんは、床に酒を奢《おご》りたいらしい」

笑っていいというパパの判決を受けて、客たちはテーブルや互いの肩を叩きあっては、心の底から愉快そうに声を上げた。おかげで店はいつになくにぎやかになった。

「庭への水撒きと同じで、床に酒撒いたら何か咲くと思ってるんじゃないか？」

客の一人が、パパに続いてわたしをからかうと、それを皮切りに、二番煎《せん》じのジョークが店のあちこちから投げつけられた。バカだ、不注意だ、そそっかしい。そんな言葉の嵐。

「ドジっ子ソフィア、ビールを一杯くれ。床にじゃなくて、オレにだ」

あれ以来、わたしがヤケドやケガをして店に現れると、大人たちはまたソフィアがドジをやったと無邪気に笑い合い、ときには本気でわたしを不注意だとたしなめた。

べつに客は悪くない。わたしはまだ壊れていないから、直す必要がない。それだけの話。

今日もドジだと指をさされながら、足元には気を付けて、せっせせっせとトレーを持って小走りをする。クリスは十九時過ぎにやってきて、三十分ごとにキャラメルポップコーンとウィスキーを注文するから、わたしは二回も追加でキャラメルソースを作らなければならなかった。

お客の話はだいたいどうでもいいもので、最近あった嫌なこととか、不良がした悪さの話とか、物価の上昇とか、アメフトの試合結果とか。ナタリー・クローバーという存在は、まだ町に波紋を呼んではいないみたいだ。子供が一人、期間限定で来ただけなのだから、当然と言えば当然だけど。

わたしはニョッキをお皿に盛り付けながら、トングで肉を焼いているパパに尋ねた。

「ねえパパ、今日のチップで新しく服を買ってもいい？　最近小さくなってきちゃって」

パパは横目でわたしをジロリとにらんだ。この二年でわたしの身長は十八センチも伸びて、学校の女の子の中でも二番目か三番目に大きくなってしまった。もちろん、上級生を足して。望んでもないのに、体は勝手に大人になろうとする。

「好きにしろ。でも」

お客に聞こえないように、パパは声を小さくした。

『『バビロン』では買うな。あの女に硬貨一枚だって落とすんじゃないぞ」

「わかった。そうだ、このニョッキ新しいソースにしてみたの。味見して」

パパが口を開けた。わたしはつまようじでニョッキをついて、そこに放り込んだ。

三回かんで飲み込み、つまようじをゴミ箱に投げてから、パパはトングをカチカチ鳴らした。オーケーって意味だ。

「バターを入れてみたの。パパこういうの好きかなって」

パパは何も言わず、もう一度口を開けた。わたしは同じようにニョッキを放り投げた。

わたしも一個食べようとしたけれど、お客がビールおかわりと叫ぶので、慌ててオーダー票にメモを取った。二十二時が近づくと、みんなして追加注文をする。ショーが始まるからだ。

毎週土曜日の二十二時には、歌や踊りのショーが開かれる。お客さんが事前に申し込んだり、当日にテンションが上がって飛び込み参加したりするけど、必ず、パパの弾き語りから始まる。決まって三曲で、一曲目は明るいの、二曲目はしっとりしたの、三曲目は客が合いの手を入れられるノリのいいやつ。

パパは家へギターを取りに行き、ケースを大事そうに抱えて戻ってきた。パパが命と同じくらい大切にしている、三本のギターのうちの一つ。そのうちの一本はもう無いし、もう一本は壁に飾られているから、パパがいまでも弾いているのはこれだけ。店の隅にあるステージへ上がり、そっとケースを置いて、慎重に銀色の留め具を外していく。このとき、お客もわたしもフィル・スチュワートも、みんな手を止めて、パパのどんな些細《ささい》な動きでも見逃さないよう、目を大きく開く。

パパはゆったりとイスに腰かけ、足を組んでギターを構えた。神様を彫った像みたいに、シャツに寄ったシワの流れも、さりげなく左目にかかった波打つ髪も、何もかもが完璧で、みんな圧倒された。パパは視線を気持ちよさそうに浴びると、皮の分厚くなった親指で、六弦から一本ずつ弾いていった。

音も完璧。そしてクールに唇を曲げ、弦を掻き鳴らした。

一曲目は肩慣らし。パパは歌いながら店を眺め回し、お客さん一人一人と目を合わせる。女の人にはサービスでウインクも。意識してやってるわけじゃないらしい。パパは生まれながらのスターなんだ。

二曲目に、パパは『My Girl』を歌った。わたしのお気に入り。うんと小さい頃、寝る前によく歌ってくれた。いつもはパワフルな歌声が、ふとしたときに、シルクみたいに滑らかでメロウになる。

カウンターを拭きながら一緒に口ずさむ。ふと視線を感じて顔を上げたら、パパがわたしを見つめて、温かく微笑《ほほえ》んだ。客たちもそれに気づいて、ヒューヒュー歓声を上げる。

流れるように三曲目が始まっても、わたしはしばらく顔が火照《ほて》っていた。ふかふかの布団にくるまれて、夢と現実の間を綿毛のようにただよっているみたいだった。

拍手と歓声でわれに返ると、パパはもうギターをケースにしまい、ショーのタイムテーブルを簡単に説明してからカウンターに戻ってきた。

わたしはエプロンで手を拭いて、パパに駆け寄った。

「今日の演奏すっごくステキだった！　やっぱりパパの歌が世界一だよ」

パパは得意げに鼻を鳴らした。

「じゃあビッグ・スタンのファンガールに、ギターを部屋まで運んでもらおうか」

「いいの!?」

「ああ、そろそろ家に引っ込んでくれないと、また町長がうるさいからな」

ハードケースを受け取って、落とさないよう、ぶつけないよう、大事に大事に抱えた。

「気をつけて運べよ」

「うん。そうだ、パパの分のニョッキ取っておいたから、ぜひ食べて」

パパは親指を上げて、ハンサムに笑った。

浮足立って家に戻ると、扉を閉めた途端に、どうしてか魔法は消えてしまった。

いつもならわたしは有頂天になって、二日くらいはずっと、世界一の幸せ者って気分になれる。

それなのに、この日はダメだった。窓の向こうで、電灯のぼやけた光を受けたミスター・ブラックの家が、静かにたたずんでいる。ナタリーは中にいて、わたしとのピクニックのために、一日中クッキーを焼いていたのだろう。ギターケースがやけに重くて、わたしはそっと床に置き、窓辺に座った。

もう消えたはずのヤケド痕《あと》が、チリチリ痛んだ。


日曜の朝、わたしはパパに昼食のサンドイッチを作って、書き置きを残した。

自分の分はバスケットに詰めて、準備は万端。

けど、心の準備は全然できていなかった。歌いながら坂を下った日に感じた風も、昨晩のパパの笑顔も、わたしを幸福に浸らせるどころか、心はささくれていくばかりだった。ハッキリしていたはずの優先順位が、霧にのまれてボンヤリとしてしまっていた。

ナタリーは今日もリアキャリアに横乗りして、地図に書き込みをしていた。

「その地図、絵より文字の方が多いんじゃない？」

「そうかも！　でも必要なことしか書いてないよ」

並木道を行くとき、わたしは木が本当は一本しかなくて、鏡に映しているんじゃないかという空想を話した。頭の中をただよう、亡霊みたいな、誰にも必要とされていない空想。誰にも話したことはなかったけれど、ナタリーならテキトーに流してくれる気がした。

「ワオ、じゃあオリジナルはどれかな！」

まさか食いついてくるとは思わなかった。自転車を停めて、わたしは一番どうでもいい感じのする木を指した。細くも太くもない、目を離したら霧に吸い込まれていってしまいそうな、わたしみたいな木。

ナタリーは地図に木を六本描いた。

『鏡の森　本物はどれ？』

ペダルを踏み込み、運転再開。

並木が終わって橋が姿を現した。霧がかかって、あいかわらず隣町は見えない。

わたしたちはベンチに並んで座って、サンドイッチとクッキーを食べた。ナタリーはツナの食感が苦手だと言って、ハムと卵のサンドイッチばかりをほおばった。

辺りは静かすぎて、ナタリーがくちゃくちゃと口を動かす音が、やけに大きく聞こえた。

わたしはまた一つ空想を披露《ひろう》した。

「町の外なんて存在しないんじゃないかって思ってる。霧に包囲されたところだけが、世界のすべて。大きなキャンバスの真ん中にだけ描かれた絵みたいに、その先には余白があるだけ。キャンバスからはみだせる絵なんてないから、ここにいるしかないの」

「その空想はあんまり面白くないなぁ」

ナタリーはすっと立ち上がると、霧をまとった橋を、海賊船の船長のように指さした。

「確かめに行こうよ。一緒に橋を渡って隣町に行くの」

「渡らない。わたしの世界はこの町、パパの町だけだから」

この町を出たいだなんて思ったことがない。わたしだけ出て行くなんて許されない。パパとエディを見捨てて行くなんて。

「またそれだ！」

「なんのこと」

「ソフィアはいつもパパ、パパって言うけど、本当にお父さんのことが好きなの？」

なぐられたようなショックで、とっさに言い返せなかった。

わたしを見下ろすナタリーの瞳は冷淡で、あなどりに近い色も混じっていた。無関係だからできるそっけなさに、わたしはどうしても我慢ならなかった。

「パパのことをよく知りもしないで、バカなこと言わないで！　わたしはパパを愛しているし、愛されてるわ！」

「ホントにぃ？」

「昨日だって、パパはわたしのために歌を歌ってくれた！」

「じゃあなんでソフィアばっかり料理や掃除や洗濯をしているの？」

「パパの稼いだお金で暮らしてるのよ！　わたしが家のことをやるのは当然よ！」

「ソフィアだってお店で働いてるし、お父さん料理できるんだから、自分でやればいいのに」

「助け合うのが家族よ！　親のいないアンタにはわからないわ。何よ、さっきからつっかかってきて。結局何が言いたいの」

「だってさ、お父さんの話をしてるとき、ちっとも楽しそうじゃないんだもん。ソフィアはお父さんのこと、半分くらいしか好きじゃないってアタシは思うな」

その言葉で、家までの道を突然忘れてしまったみたいに、頭がうんと重くなった。相手はナタリーなのに、パパにするのと同じ、機嫌をそこねないための上目遣いをしてしまう。何を見抜かれているのか、知るのが恐ろしいのに、聞かずにはいられない。

「じゃあ、残りの半分は？」

「好きなフリをしてるだけ。思い込みかな。自己暗示ってやつかも」

「なぜそんなことをしないといけないの」

ナタリーは先週のナタリーみたいに、ケラケラ笑った。

「そうしないと生きていかれないからでしょ、この町で」

ひたすらに不愉快だった。よそ者にわたしたち家族の何がわかる。他人だから、表面的な部分だけを見て好き勝手に言えるんだ。

一瞬にして大嫌いでたまらなくなって、それなのにナタリーは、簡単な一言で、わたしのグチャグチャになった感情を包み込んでしまった。

「アタシの方がぜーったいソフィアのこと大好きなのに」

やれやれと言いながらベンチに座って、わたしの肩に頭をもたれかける。

「歌だって歌えるよ」

透き通った川の流れみたいなハミングが、わたしの周りを踊る。

ナタリーはわたしをどうしたいの。

わたしたちの関係って一体。

いつだってナタリーは思ったままに言葉を乱射して、わたしの心と常識を穴だらけにしてしまう。足元がおぼつかなくなって今にも倒れそうで、そんなわたしの手首をナタリーは離さない。それはきっと、今日のおやすみを言うためで。

わたしは一昨日、今日言おうと決めて、ついさっき絶対言うもんかと決めたことを、頭の中で一生懸命に転がした。石ころみたいな言葉がお互いにぶつかり合って傷つけ合って、わたしの口の中もズタズタに引き裂かれる。それでも言わずにはいられなかった。

「アンタはさ、また明日になったら全部忘れちゃうの？」

「うん。生まれ変わって、新しい人間になる」

「本当に全部忘れるの？　わたしのことも？」

「そうだよ」

「アンタといると空《むな》しくなる」

夏休みが終わるまで、一ヶ月以上ある。ナタリーはあと何度わたしを忘れる？　月曜日の朝をはじめましてでスタートさせて、いちいち自己紹介をして、それってすごくバカみたい。始まりのために終わりがあるはずなのに、ナタリーは終わりが決められているから始まりを捻《ひね》り出している、永遠の迷子。

「じゃあ今からわたしの秘密を言うから、それもちゃんと忘れてよね」

「言われなくても、アタシは全部忘れちゃうよ。今晩にはね」

ナタリーはずっと他人事って顔をしていた。もっと悲しそうにしてくれれば、わたしだって罪悪感がブレーキをかけて、ひどい言葉をぶつけずに済むのに。自分とナタリーを世界で一番かわいそうに思いながら、わたしはアクセルを踏む。脱線して、放り出されて、粉々になってしまえたら、楽になれるのに。

「前にお小遣いについて聞いたでしょ。それは覚えてる？」

「水曜日ね。服や文房具を買うって言ってた」

「あれ、半分は嘘。それも買うけど、服はほとんどがエディのお下がりだし、文房具は町役場の『ご自由にどうぞ』の棚から持ってってる。本当は貯めてるんだ。お葬式費用」

「誰の？」

「自分の」

「ワオ、ユニークな使い道ね」

どうせ明日には忘れてしまうんだ、全部言ってしまえ。

「十八で死ぬって決めてるんだ。家族に迷惑かけられないから、お葬式代は自分で出すの」

橋にかかる霧は、ここ最近で一番濃かった。もっと町全体を覆い尽くして、隣にいるナタリーの顔も見えなくしてくれればいいのに。そしたらナタリーの、どうでもいいって顔も知らずに済んだのに。

「そうかい」

明日のアンタと、友達になれる自信ないんだけど。

# 第三週　霧の中のナタリー・クローバー

昨晩、ナタリーとはひどい別れ方をした。

わたしは意地悪で「おやすみ」を言ってやらなくて、そのせいでナタリーはショックで落ち込んでいた。まるで永遠の別れってくらいに。いい気味だと思った。

人の心は不思議なもので、夜中ナタリーの言葉を思い出しては絶対に許さないと腹を立てたのに、朝になると怒りが全部霧に溶けていって、申し訳なさだけが残ってしまった。

正直なところ、ナタリーが本当に全部を忘れてしまえるのかは、まだ疑ってしまう。葬式代のことなんて話すんじゃなかった。わたしがパパに隠し事をしてるなんて話は。

パパはわたしやエディがいないときを見計らって、隠し事をしていないか定期的にチェックする。引き出しを開けたり、カバンの中を覗《のぞ》いたりして。こっそりやっているつもりらしいけど、バレバレ。

そこでわたしたちは、お金や大切な物を家のあちこちに、小分けにして隠している。たとえば、わたしはぬいぐるみや植木鉢の中に、客からもらったチップをしまっている。

エディも辞書や物置の本にお金を挟んでいるらしい。パパはしょっちゅう物置に入るけれど、ギターと楽譜とレコードにしか触らないし、わたしたちが大切な物は自分のすぐ近くで保管していると思い込んでいるから、そう多くはない財産は、見つからずにすんでいる。

今朝、芝生に水をやり終えて家に入ると、珍しくもう起きていたエディが、大げさなくらい驚いてテディベアを落とした。お腹の中には綿と一緒にかなりの貯金が入っている。

わたしは冗談っぽく言った。

「その辺のものあんまり触らないでね。わたしの金庫なんだから」

「なんだ、新しい場所を開拓しようと思ったのに。仕方ない、他を当たるか」

嘘をつくとき、エディはいつもズボンのポケットに親指を引っかける。今もそう。

わたしにも言えないことをしていたんだ。

クッションの位置や、写真立ての向きが微妙に変わっている。それだけなら、エディの言い分にも納得してやれるけど、それにしては態度がよそよそしすぎる。

昨日のナタリーの言葉を思い出す。わたしばかりが家事をやっていて、そんなのはおかしいって。エディがせめて洗濯くらいは代わりにやってくれるなら、わたしも楽になる。

エディの背中に向かって、何度も言おうとしたことはある。その度に文句は喉の奥につかえてしまって、わたしは息ができなくなる。今だって昔ほどはいい関係でないのに、余計なことをして、まだ持っているものまで失ってしまうのが恐ろしかった。壊れていないなら直すな、町のモットーに従っているのだと、いちいち自分に言い訳をする。

エディはバイトばかりで忙しいけれど、本当にこれから何をするつもりでいるのだろう。

熱心に勉強をしているのは知っているし、町の外にある大学に行きたがっているのも、なんとなくわかっているつもり。それはそれとして、図書館で法律の本を借りたり、何が入っているのかわからない分厚い封筒を抱えて出かけたり、進学とは関係のなさそうな動きもしている。一度パパがいない隙に、こっそり誰かに電話をしていたこともあった。重大な秘密を持っているのは確かで、ほんの少しだってわたしと分かち合ってくれないのも本当。

それがもし、わたしがパパの手先で密告者だと思われているためなのだとしたら、どうしようもなくやるせない。

朝からありえないくらい気分が落ち込んでしまった。パパのこと、エディのこと、ナタリーのこと。考えたいことと考えたくないことがごっちゃになって、呼吸するのもおっくうになる。

遅起きのパパにご飯を出して、塗り絵をして、雲を灰色に塗った。この雲をオレンジに塗ったら、パパはどんな顔をするかな。

先週の月曜日と同じで、ナタリーはお昼を過ぎてもドアをノックしなかった。あんな態度を取ったわたしを、もう二度と訪ねてきてくれないかもしれない。

わたしから謝りに行ったら、笑って許してくれる？

仲直りの現場なんて、この町にはない。喧嘩《けんか》をしても、謝るんじゃなくて、何事もなかったように振る舞う。心にモヤモヤを残したまま、いつも通りを装う。

ナタリーとは、そういう不誠実な関係になりたくなかった。

力を込めすぎて、色鉛筆の芯がまた折れた。

「おい、物はもっと大事にしろ」

パパが低い声を出して、わたしの肩が震える。今日のパパは、わたしが考え事をしていたせいでお昼のワッフルを少し焦がしてしまったから、とてもご機嫌ななめ。

色鉛筆を削り終えると、ドアが三回ノックされた。わたしは塗り絵を閉じる間も惜しんで玄関まで駆け、ドアを開け放った。

「おはよう、ナタリー」

そこにいた人は、毎日着ているトレンチコートのポケットに両手を突っこんで、神経質そうに眉毛を動かした。青いヘアバンドと短パン。手にはグローブ。格好は同じなのに、まるで別人。

「おはよう、そしてはじめまして、ソフィア・ウォーカー君。我々がお世話になっているらしいな。代表して礼を言いに来た」

わかっていたはずなのに、うろたえてしまった。何と問い返すべきか口をモゴモゴ動かしている間、目の前のナタリーは、ちょっと苛《いら》ついたように、右足で地面を鳴らしていた。

「……また『生まれ変わった』ってこと？」

「話が早くて助かる。それでは失礼させてもらう」

「ちょっと、一人でどこに行くの」

「図書館だ。知への扉を開く」

「場所知ってるの？」

ナタリーを図書館に連れて行ったことはない。だから手作りの地図にも載っていないはずだ。町の人に道を尋ねたって、親切に道案内してもらえるわけがない。

「おじいさんに教えてもらった」

その手があった。

「わたしが案内するから、ちょっと待ってて」

「急いでくれよ。我々の一秒は君のそれより貴重だ」

今週のナタリーは頭でっかちで気が短くて、すごく付き合い辛《づら》そう。

わたしはパパに図書館へ出かけると言って、借りていた料理の本をバッグにいれた。

図書館は家から南東に十五分ほど行ったところにある。わたしはいつもやっている交互の質問ゲームを、今日もするものだとばかり思っていた。けれど今週のナタリーは無口で、何も聞いてこなかった。並んで歩いているのに、一緒に歩いている感じがしない。わたしたちは他人になってしまっていた。二回目だというのに、その事実に打ちのめされそうで、つい前のめりになってしまう。

「アンタとはいつも、交互に質問して、お互いのことを知り合っていたんだけど、今週はもうやらないの？」

「昨日までの我々と、今日の我々は異なる。同じことをする道理はない」

「じゃあわたしが質問しても、答えてはくれない？」

「いや、知りたいことがあるなら教えよう。我々の知り得る範囲で」

学校の先生みたいな話し方だ。昨日のことがあったから、わたしは言葉を選んで歯切れ悪く尋ねた。

「昨日、わたしはアンタにひどいことをしたのに、それも忘れちゃったの」

「仕方の無いことだ。そう定められている」

「アンタ、いやアンタたちか。どうして一週間で何もかも忘れちゃうの？　いつからそうなの？」

「我々が十二歳のとき、交通事故に遭《あ》った。父親の運転していた車に、横から別の車が突っ込んだ。

我々は頭を打ったらしい。以来、事故の後遺症で、我々の記憶は一週間でリセットされるようになった、と日記には書かれている」

ナタリーは教科書を音読するみたいに、淡々と説明した。わたしはここ一週間の疑問があまりにもあっさりと答えにつなげられてしまったから、呆気《あつけ》にとられて道端の小石につまずいた。そんなわたしに声をかけるどころか見もしないで、ナタリーは図書館を目指して止まらなかった。また、「友達でない状態」に逆戻りしてしまったのだと、心細くなる。

「怖くなったりしないの？」

両親がいなくなって、誰とどんな関係を積み上げても、月曜日が来れば白紙になって。

「我々の寿命は一週間だ。そんなことに時間を費やしている暇は無い」

その考えにたどり着くまでに、ナタリーはどれほど生まれ変わりを繰り返したのだろう。悩みさえもゼロにリセットされてしまう人生で、何を願って生きられるのだろう。

「一つ聞くけど、どうして全部忘れて昨日までの自分と他人になるのに、同じ『ナタリー・クローバー』って名前を使うの？」

ナタリー・クローバーだって偽名のはずだ。ファーストネームはともかく、クローバーはわたしのシャツを見て思いついたんだから。

三人目のナタリーはカバンからどこにでも売っているノートを出した。表紙にはブロック体で、『ゴールデン・ルールブック』と書かれている。

「短い人生をより快適に過ごすために、我々はルールを設けている。名前についてもそうだ。一つの町で一つの名前。毎週変えていては周囲に混乱を招く恐れがある」

名前を変えようが変えまいが、混乱は招いている。というかよそ者ってだけで、何もしなくてもこの町じゃ問題になる。

「そのノート、他にどんなことが書いてあるの？」

ナタリーは表紙を開いて、顔の前に掲げた。

『今を楽しめ　君は自由だ』

太いインクで、叫びみたいな文字。

「人生を変えるのはいつだって自分自身さ」

今日初めて、ナタリーは笑った。口の端をピエロみたいにつり上げた、不格好で挑戦的な笑み。

一つだけわかった。

ナタリーを憐《あわ》れんじゃいけない。これがナタリーの生き方なんだ。納得して、楽しんでいるんだ。

「我々からも一つ問おう」

図書館の前で、ナタリーは立ち止まった。

「君は何故、我々の地図作りに協力するのだ？　君にメリットは無いだろう」

ナタリーは心の底から、理解できないという顔をしていた。

メリットとかデメリットとか、そんなの考えたこともない。

「協力してるんじゃない。一緒に遊んでるだけ。楽しいから。友達だから」

肩からずり落ちそうになったトートバッグをかけ直して、ナタリーと向き合った。得をするためだなんて、そんなずる賢さで一緒にいるだなんて思われるのは辛かった。

「わたし、友達っていままで一人もできたことなかった。でもアンタが付いてきて欲しくないっていうなら、迷惑なら、もうやめる」

ナタリーの方こそむしろ、わたしと一緒にいるメリットなんてない。今日は自転車にも乗ってないわけだし。

するとナタリーは、口に生ゴミを突っこまれたみたいな顔をして、大声を出した。

「我々がいつ迷惑だなどと言った。くだらない空想で消極的な発言をするのは控えたまえ」

いきなり怒って、ナタリーは先に図書館に入ってしまった。

でも、すぐに立ち止まって振り返った。何も言わずムッと顔をしかめたまま、わたしを待っている。

今度は、わたしを待ってくれている。

胸が苦しくなって、視界がにじんだ。

すぐに目をこすって、なんてことない顔をして、ナタリーの元まで歩いた。わたしのあげたグローブをはめた手を、布越しに摑《つか》む。ナタリーがそれを握り返す。

わたしたちは今日も友達になった。

ナタリーは分厚い図鑑を何冊も棚から引っ張り出して、机に重ねた。わたしは料理の本を返してから、ＳＦ小説と詩集を何冊か選んで隣に座った。

ゆったりと時間が流れる。早すぎもせず遅すぎもせず、わたしたちと足並みを揃えて。

ときどき視線を感じて、ナタリーの方を見ると、ナタリーはすぐ手元に視線を落としてしまう。

パラパラと図鑑をめくって、あんまり楽しくはなさそう。

「面白いこと書いてある？」

図書館だから、うんと声を潜《ひそ》めた。

「興味深いものばかりだ。君も知りたいことがあるなら、我々が調べよう」

わたしは深く考えず、思いついたままを口にした。

「霧が発生する仕組みとか」

ナタリーは図鑑を閉じてしまって、カバンからメモ帳とボールペンを取り出すと、一瞬も迷うことなく、図を描き始めた。

「簡潔に言えば、風と海流だ。飽和《ほうわ》水蒸気量は知っているな？　湿潤《しつじゅん》な空気が冷やされて霧が発生する、そういうメカニズムだ。この町は海が近い。高気圧の影響で北西から風が吹き、寒流の上を通過する際、冷やされた水蒸気が霧になる」

よどみない説明に、わたしはただただ圧倒された。

「アンタそんなに賢かったのね」

「それは違うな、ソフィア君」

ナタリーはボールペンを置き、図鑑の表紙に左手を重ねた。

「我々自身は一冊の本だ。何章にもわたり、しかし章ごとに作者を異にする、寄せ書きのような本。どれほど膨大《ぼうだい》な情報が記載されていようと、本自身を指してモノ知りとは言わない。我々は知識を蓄えられても、一生モノ知りにはなれないのだ。経験が伴わないのだから」

無知なわたしからしたら、スゴいことに変わりはない。謙虚《けんきょ》というか、正直というか、自分自身にも客観的すぎるというか。どのナタリーにも言えることだけど、褒《ほ》め言葉にちっとも喜んでくれない。それがいいところでもあるのだけれど。

わたしが質問をすれば、ナタリーは何でも答えてくれた。知っていることはスラスラと、知らないことはその場で調べて。ナタリー自身のことは、日記を開いて文章を引用しながら。

今週のナタリーは地図作りよりも読書が大事みたいで、わたしたちは毎日、図書館に通った。

「ねえ、ナタリーはどうして地図を作るの？」

木曜日の午後、わたしはずっと気になっていたことを尋ねた。理由はなんとなく察していたけれど、ナタリーの言葉で教えて欲しかった。

ナタリーは口に手を当てて、慎重に言葉を選んでいた。本人にも、言語化は難しいらしい。わたしは急《せ》かさず、詩集を読んで待った。

やがてナタリーは体の向きを変えて、ぽつりぽつりと言葉を紡《つむ》いだ。

「地図は……我々が生きた証《あかし》だ。文字だけでは残せない景色、感情、思い出。我々が確かにその町に存在したのだという確固たる証明。それだけではない。過去から今へ、今から未来へ。我々同士で繋《つな》げるバトンの役割もある。我々は相互に独立し、しかし同じ人間だと知らせてくれるバトン。地図と日記のおかげで、何度生まれ変わろうとも、我々は生きることに希望を見いだせるのだ」

わたしは言葉を失ってしまった。

だって希望なんて言葉、この町じゃ誰も口にしないから。

わたしの人生にあるのは、その対義語ばかりなのに。

ナタリーの言葉は一つ一つが重くて、わたしは押しつぶされそうだった。

「アンタは強いのね」

皮肉っぽくなってしまって謝ろうとしたら、ナタリーが天井を仰いだ。

「わからない。我々は……」

　声は途切れ、それきり言葉は続かなかった。

　ナタリーはその後ずっと変で、家への帰り道でも、うつむいて、石ころを蹴《け》っ飛ばしながら歩いていた。その仕草がチェリータウン的すぎて、見ていられなかった。

　道路のまん中で手首をつかみ合っておやすみの挨拶《あいさつ》をしたのに、ナタリーは一向に手を離してくれなかった。

「どうしたの？　ナタリー」

「明日からはまた地図を作る。一緒に来てくれないか？」

　ナタリーの真っ黒な瞳が、不安で揺れていた。それを珍しいと思ってしまうのは、ナタリーのことをまだちっとも理解できていない証拠なのかもしれない。

　わからないから、もっとわかりたい。

「誘われなくたって付いていくよ。自転車の後ろに乗せてあげる」

　言い終えるなり、ナタリーがわたしに抱きついてきた。右手は繋いだまま、背中に左手を回された。足も腕も左の頰も、間に空気すら入り込めないくらい密着する。

　わたしは声が出せなくなった。ハグも握手も苦手、お店でもうっかりお客さんと手が触れてしまうだけで、その体温が気持ち悪くて胃がひっくり返りそうになる。

　けどこのとき、不快感はちっともなかった。抱きつかれたことには驚いたけど、もっと驚いたのは、こんなにも肌と肌とが重なり合っているのに、それが嫌じゃなかったから。

「ありがとう、ソフィア君。友達とはいいものだな」

いつもの変なナタリーに戻って、さっと体を離すと、家に逃げ帰ってしまった。

道路に残されたわたしは、心臓がいつもより三倍は速く動いて、頭や触れ合った肌が、熱くなるのを感じた。

わたし、風邪でも引いちゃったかな。


わたしたちが図書館で気ままに過ごしていた間、町では不良が活性化していたらしい。

活《い》きの悪い不良なんていないわけだから、その表現はどうかと思うけど、役場が作ったポスターには、その通りに書いてあった。

『危険、不良の活性化！　倒せ若者　守れ治安　不良撲滅《ぼくめつ》キャンペーン実施』

役場って、なんでこんなにキャンペーンとスローガンとチラシが大好きなんだろう。学校の掲示板も、役場のキャンペーンポスターだらけだ。

最近は車上荒らしに加えて空き巣なんかも流行《はや》りなのだと、ポスターには書かれていた。パパのお店に入る命知らずはさすがにいないだろうから、あいかわらずわたしには関係のない話。

でも、町長命令でこの怪しいポスターを作らされたエディの話によると、不良たちは最近、町の北東にある旧飛行場にたむろしているみたい。ナタリーの地図は北東がすっからかんで、明日はまさに旧飛行場へ行こうと計画していた矢先だったから、正直困ってしまった。

金曜日のお昼、ナタリーにそれを話したら、

「そうかい」

と言って、自転車に後ろ向きでまたがった。まあ、ナタリーなら不良に絡まれても初日にやって

いたように、変なステップで避けられるだろう。わたしは背中にナタリーの頭の重みを感じながら、北東へ漕《こ》ぎだした。

飛行場が使われなくなったのはもう十年以上も前で、フェンスやガレージを撤去する費用も町や国から出ず、いまでは廃墟だ。あの場所もまた、捨てられてしまったのだ。

運良く不良は一人もいなくて、わたしたちはフェンスに囲まれた滑走路の周りを、のんきに走った。

かつてあったかもしれない賑《にぎ》やかさは、面影も手掛かりも消え去ってしまっていた。二度と花の咲かない、枯れ木のような場所。コンクリートの割れ目からは雑草が生えていて、ガレージの壁は錆《さ》びきっている。誰も手入れをしないから、当然だけれども。

ナタリーはペンで地図をノックするみたいに叩いた。

「ソフィア君、飛行場について洒落《しやれ》た物語を聞かせてくれたまえ。得意だろう、そういうの」

わたしは八歳のときの空想を、思い出の墓場から掘り起こして、土をはらった。世界は箱だという、なぐさめにならない空想。

「世界はいくつもの箱でできていて、この町もその一つ。昔はここから飛行機が飛んでいって、別の箱と交流していたの。箱と箱の間には、底無しの真っ暗な谷がある。だから飛行機のパイロットはこの世で一番危険な仕事で、一番尊敬される仕事」

わたしはパパの顔を想像した。町一番と言えば、やっぱりパパで。でもその顔にはすぐに霧がかかって、見えなくなってしまった。思い描こうと必死になるほどに、霧は濃くなっていく。わたしは視線を落として、自転車のベルに映る、歪《ゆが》んだ顔と見つめあった。

「でもあるときから、突然、外から飛行機が来なくなった。町でただ一人のパイロットは他の箱で何かあったんじゃないかとここを飛び立ったの。そして知った。この町以外の箱が全部燃えてしまっていた。パイロットが炭になった箱の上を飛ぶと、飛行機のプロペラで灰が舞い上がって、それが町の上に降り積もってしまった。だからこの町は灰色なの。パイロットは燃えていない箱が残っていないか、今も探している。だから戻ってこない。こうして、飛行場からは二度と飛行機が飛び立たなくなってしまった。ここはいらない場所になってしまった。誰からも気にかけられず、ゆっくりと死を待つだけ。いつの日かパイロットが帰ってきて、そうしたら他の箱の人たちも戻ってきてくれるんじゃないかと、他人任せな期待を抱えて」

ナタリーはふむふむとうなずいて、地図の北東に滑走路と飛行機を描いた。

『ただ彼の帰りを待つ』

その説明だけじゃ、来週のナタリーはちんぷんかんぷんじゃない？

「並木と鏡の話も良かったが、今の物語が最高傑作だ」

「待って、その話をしたのは先週のナタリーによ」

なんで覚えてるの。

「大切なことは日記に書かれている」

くだらないこと、の間違いだと思うけど。

「アンタはどう思う？　この場所、この町」

そろそろ二周目に入りそうだった。広いように見えて、話しているとあっという間。

わたしに預ける体重をうんと増やして、ナタリーは淡々と語った。

「誰にも必要とされないのは、寂しいことだ。これが人間ならば、自分で自分の面倒を見られる。愛でさえ自給自足が可能だ。だが場所はそうもいかない。必要とされなくても、自分から生まれ変わることはできないのだから」

愛の自給自足、なんて空《むな》しい言葉なんだろう。そんな言葉をすらりと言えてしまうナタリーは、それを実行しているのだろうか。

「おや、この場所はまだ必要とされているらしい」

ナタリーが指した方向では、革のジャケットを着た青年が、錆びた車の上でふんぞり返っていた。不良のリーダーになった、ノアだった。破れたジーンズを穿いた不良を五人はべらせて、酒の缶を振ってる。馬鹿みたい。

バレない内に立ち去りたかったのに、よりによってナタリーがそれを妨害した。

「おい君たち！　その歳で飲酒は法律違反だぞ。ご両親が悲しむ、やめたまえ」

こういうときに限って、正義感を発揮するんだ。いつもの「そうかい」はどこに行ったの。

ノアとその手下たちはすぐにわたしたちを囲んだ。ナイフや鉄パイプは持っていないようだけど、数でも力でも、わたしたちに勝ち目なんてない。

ノアは自転車の前輪に右足を乗せて、わたしに顔を近づけた。

「久しぶりだなソフィア。兄貴は元気か？」

「おかげさまで。ナタリーの言葉が気にさわったなら謝るから。家に帰らせて」

手下たちが、バカヤローだの舐《な》めてんのかだの、頭の悪い野次《やじ》を飛ばす。でもこいつらにわたしを殴る度胸なんてない。みんなパパが怖いから。

ノアだけは別だ。整った顔はエネルギーに満ちていて、後先を考えず、今を楽しむことだけに集中していた。ノアだけはわたしをいたぶる度胸がある。あの家の真実を知っているから。

でも、だからって何？　大人に養ってもらってる身分のくせに、勝手放題やっている子供が、わたしは大嫌い。

「君たち、我々は――」

「ナタリーは黙ってて」

これは町の問題だ。ナタリーが口を出したら、余計にややこしくなる。

「へえ、よそ者とずいぶん仲いいな。オマエ昔から友達いなかったのにな」

「放っておいて。アンタこそ、昔はズボンにシャツ入れてる優等生だったのに」

ノアは自分のおでこを、わたしのおでこにくっつけた。あの頃と同じで、わたしより少し高い、なつかしい体温。吐息が顔にかかった。

「オマエさ、自分は殴られないと思ってるだろ」

心臓をえぐり取る、ナイフみたいな声。

「ビッグ・スタンの娘だからか？　大好きなパパが守ってくれるってか？」

わたしより手下たちの方が怯《おび》えていた。それ以上はヤバいと、誰かが止めようとした。

ノアは止まらず、とっておきの言葉をわたしに刺した。

「オマエの親父がオマエを褒めてるとこなんて見たことねえよ」

そんなの知ってる。わたしが誰よりもわかってる。ノアはわたしの世界の真実を、答え合わせみたいにつらつらと並べていく。

「オマエもエドワードも、自分だけは違うって顔してるけどな、同じなんだよ。母親に捨てられて、父親には愛されない。でもこの町以外に居場所がない。いい子ちゃんぶったって無駄だ」

呪いを吐き出し続ける口を無理矢理にでも塞《ふさ》いでやろうと手を伸ばしたら、その隙をついて、ノアは振った缶を開けた。

ビールがわたしめがけて噴き出して、顔も髪も服も自転車もビショビショになった。キツい臭いがわたしから立ち上っている。悪いことの臭い。犯罪の臭い。

「〝壊れていないなら直すな〟だっけか」

高笑いをしながら空き缶を放り投げると、ノアは手下を追い出すように先に行かせて、自分は一番うしろを不機嫌そうに歩いた。フェンスを蹴飛ばして旧飛行場から出ていくとき、手下たちには気づかれないよう素早く二回、わたしに向かって目くばせみたいにまばたきをした。反応を待っている顔だった。

もっとハッキリ示してくれたら、良くも悪くもこの関係を変えられるかもしれなかったのに、エディと同じで、肝心なことを話してはくれない。わたしもノアもエディも、誰かが動いてくれるのを期待するばかり。間に霧をはさんだまま、誰も動かず、何も変わらない。

ナタリーは自転車から降りて、わたしの顔を覗き込んだ。

「すまない。我々が彼らを注意したばかりに」

あんまり近づかないで欲しかった。ビールの臭いしかしないだろうから。

「ナタリー、地図は無事？」

「ああ。我々は至って平常だ」

「ならいいんだ」

「だが」

「今日はもう帰ろう」

人通りの少ない道を選んで帰った。今日ほど霧が出ていて欲しいと思ったことはない。なんとか、誰ともすれ違わず家まで戻ってこられた。わたしは早口でおやすみの挨拶をしてナタリーと別れた。時間が経つほど、ビールが体に染みついてしまう気がして不安だった。どうか家に誰もいませんように。

祈りもむなしく、一番いて欲しくない人が、パパがいた。しかもキッチンのテーブルじゃなくて、リビングのソファに。

わたしがただいまと言っても、パパはテレビから視線を移さなかったのに、臭いを嗅ぎ取った瞬間、テレビを消して立ち上がった。

パパが何か言う前に、無実を証明しきらないといけない。

わたしは大げさに落ち込んだフリをして、短く説明した。

「不良に引っかけられたの。それで急いで逃げてきた」

「本当だな？」

「パパに嘘つかないよ」

最低、これ自体が嘘のくせに。

パパは、今日は来るなと言い残して、店に行ってしまった。

みんな思い違いをしている。パパはわたしのために報復なんてしない。わたしにビールをかけた不良の顔や名前を、聞こうとしないんだから。半分は興味がないから、もう半分は、わたしの話なんてこれっぽっちも信じちゃいないから。

バスルームへ行こうとしたら、エディが部屋から出てきた。今日は何もかもタイミングが最悪だ。

「引っかけられたの。わたしが飲んだんじゃないから」

聞かれてもいないのに、言い訳がましく説明した。エディには誤解されたくなかった。不良たちと同じことをしていると、失望されたくなかった。

「ノアにやられたのか」

他に犯人なんているはずがないと、決めつける言い方だった。

「どうしてわかるの？」

「アイツの言うことなんて気にするなよ。絶対にな」

わたしの質問には答えないで、エディは急いで家から出て行ってしまった。

シャワーでビールを洗い流しながら考えた。

わたしたちの関係が変わり始めてしまったのは、ノアとエディが十歳のときに、ノアの両親が橋から落ちて死んでしまってから。大人たちは事故だとしか教えてくれなかったけど、ノアのお父さんが、町から出て行っては戻ってくるのを繰り返していたから、本当は何があったのか、みんな薄々は察していた。

事故を通報したのはノアだった。両親が少しずつ悪い方へと変わっていき、最後に転落してしまうまで、ノアは一番近くでその変化を見ていた。わたしには詳しい話をしてくれなかった。わたしが知っているのは、あのベンチにエディと腰かけてすすり泣く、ノアの弱々しい背中だけ。それ以来、二人がベンチに座る姿を見ていない。二人は何かを思い知ったのか、橋には近づかなくなった。

ノアは町役場の近くで葬儀屋をしている、おじいさんとおばあさんの家で暮らすようになった。息子夫婦の棺桶を用意するはめになった二人は病気がちになり、ちっともノアの面倒をみてくれなかったみたいで、しばらくはうちに入り浸っていた。ノアはわたしのパパや、あの母親の前ではずっとニコニコしていたけれど、子供だけになると、すぐにため息をついて暗い顔をした。「家族そろって食事をしたことなんてない」とか、「おまえたちが羨ましい」とか、言い過ぎて語尾みたいになっていた。

ノアは家族に幻想を抱いていた。あの頃、うちはもう壊れる寸前で、ノアという他人の前でだけ、その場しのぎで親しげにしていただけだったのに、ノアの目には理想的な一家の団らんに見えていたらしい。それが霧に映ったニセモノの風景だとは気づかないで、幻想のリビングを愛していた。

どんなに素敵なマジックもタネは意外とくだらないし、知ってからもう一度観てみると、魔法は解けてつまらない芸に成り下がってしまう。わたしたちの母親が家を出て行ってしまうと、ノアはようやく失望して、遊びに来なくなった。道や学校で話しかけると返事をしてくれたけど、少しずつ壁を厚くしていった。そうして気づけば不良のリーダーになり、町を荒らすようになってしまった。町に染まりきってしまった。

あの頃のノアは霧に溶けて消えてしまった。エディと喧嘩をしたり、からかわれたりして泣くわたしにキャンディをくれた、優しいノア。元気を分けてやると、おでこをくっつけてなぐさめてくれた、もう一人の兄のようなノア。

着替えてベッドに横になったら、今日の出来事が次から次にわたしを襲い始めた。

空想、愛の自給自足、ノア、そして家族のこと。昔はいろんな空想を思いついた端から、エディやノアに話していた。

母親がいなくなってから、すべてが変わってしまった。

八歳のあの日。母親が手紙だけを残して出て行った、灰色のあの日。朝というにはまだ暗すぎる時間。ドアが開く音で目を覚ましたわたしに、ボストンバッグを抱えた母親は、わたしをうんと傷つけるために、冷たく言い放った。

「これでバイバイよ、ソフィア」

母親は乱暴にドアを閉めて、そのせいでパパとエディも起きてきた。

エディが電気をつけて、何が起きたのかをすぐ理解した。

パパが二番目に大事にしていたギターが、ネックをへし折られて、キッチンの床に捨てられていた。破片が、クラッカーから解き放たれた紙吹雪みたいに、そこら中に飛び散っていた。

わたしは掃除をしないといけない気がして、急かされるようにテーブルに近づいたけれど、何をしても、もう無駄なのがわかってしまった。テーブルにはメモ用紙が、果物ナイフで突き立てられていた。

メモを見下ろすパパの目は、ちっとも動いていなかった。文字を読んでいるのではなくて、その紙切れが残されたという事実と、砕け散った大事なギターを、黙って見つめていた。

わたしが声をかけようとした直前、パパはメモを一瞬にして引き裂き、刺さったナイフを振りかざすように抜いた。

電球の光を受け止めたナイフの、眩《まぶ》しい先端が、わたしの方を向いた。

何が起ころうとしているのかなんてわからなかった。そんなことが起こるなんて、ちっとも考えたことがなかった。

急にシャツの後ろを引っ張られて、わたしは床に倒れた。エディだった。エディもその勢いで尻餅をつき、小さく震えていた。エディがどんな顔をしているか、振り返って確認する余裕なんてなかった。わたしは口をきけなくなってしまって、パパを見上げて祈ることしかできなかった。

パパの瞳は、わたしとエディとナイフを順番に見た。すごく長い時間だったような気がする。心臓が耳までせり出して鼓動《こどう》しているみたいに、血を押し出すポンプの音しか聞こえなくなっていた。

そしてパパは、とうとうわたしたちから顔を背《そむ》けると、怒りにまかせて、ナイフを何度も机めがけて振り下ろした。同時に、パパが生みだす音をほんの少しも取りこぼさないようにと、わたしの耳はお利口さんになった。だから聴いてしまった。

パパの怒り狂った声、空を切るナイフ、削られていく机。

全身でその光景を感じ取りながら、わたしはエディと母親のことを考えていた。エディがいなかったら、削られていたのはわたしだった。母親がいなくなったせいで、こんな目に。

リビングの時間は、そこで止まってしまった。なんてことない日常を送れているフリをしているだけで、この家はあの日を過去にできないまま、止まった時間の中にいる。音が聞こえる。声が響いている。家は灰色の霧に埋め尽くされて、それは今日まで残ったまま。

パパはずっと、ナイフを振り上げたままで、その先端も、ずっとわたしの方を向いている。パパはその気になればいつでも、ナイフを振り下ろせる。この家を、わたしを、家族という関係を、何もかも切り裂いておしまいにしてしまえる。

パパにそれをさせないために、わたしは命がけでいい子を取りつくろっている。だってすべてが終わったとき、一番傷つくのはパパだから。パパにはもうこれ以上、悲しい思いをしてほしくないから。だから誰にも迷惑をかけないように、自分のことは自分で終わらせようと決めた。

あの母親がいけないんだ。わたしに、絶望と憎しみを教えてくれた、あの母親のせいだ。

仮に、あれが母親にとってどうしようもなく不本意な結末だったとしても、抱いた無限の憎しみを、わたしは一生忘れない。

母親はわたしを選ばなかったし、同じようにエディのことも見捨てた。自分がされてきたことが、今度は子供たちに降りていくってことが、きっとあの人の貧しい脳みそではわからなかったのだろう。好きこのんで母親になったくせに、その肩書きから逃げた、世界一の卑怯者《ひきょうもの》。

ある意味で、母親も町のモットーを守り抜いたのかもしれない。まだ壊れ切っていなかったから、直そうと試みず、自分だけ逃げて楽になった。わたしたちを無かったことにして、この家を最低の位置で安定させようとした。町それ自体と同じように。

それが正しいことだなんて、これっぽっちだって思えるわけがない。けれど大人たちが忠実に守り続ける町のモットーが、何も問題はないと言い切るのだ。誰も直そうとしないってことは、まだ何も壊れていないってこと。エディも、ノアも、この家も、家族という名前の繋がりも。壊れていないものは直しようがない。本当に、どうしようもない。

あの朝を境に、わたしは少しずつ空想の世界から遠ざかった。都合のいい世界を好き勝手に描いて、その中で自分をなぐさめる行為を、やめようと決意した。母親の思い出と一緒に埋めてしまうことにした。

わたしは逃げる場所を失った。空はずっと灰色で、うつむいて歩くのが日常になった。

でもこれでよかったんだ。だって、これがわたしの現実だから。

両親が口喧嘩を始める度に両方のご機嫌取りをして、家族をつなぎとめようと傷だらけになりながら走り回らなくてよくなったんだから。

ノアにしろ母親にしろ、わたしの思い出はロクな結末にならない。夢みたいなおとぎ話は、夢かおとぎ話の中だけ。現実じゃないものを、理想とか空想とか呼ぶのだと、十三年分の人生が教えてくれた。

わたしはナタリーと別れるのが、いまから怖い。ナタリーと会えなくなってしまうことじゃない、たった一人の友達を徹底的に嫌いになって、いつか一人きりの夜に、ふと忘れてしまいたい過去として思い出すのが怖かった。

ナタリーとの最高の別れ方は、霧の向こうへ帰って行く背中を、笑って見送ること。

それができたなら、安心して十八で死ねる。


エディがまた、怪しい動きをしていた。

パーカーのフードをすっぽり被《かぶ》って、マスクもして、顔はほとんど隠れていた。ニュースでたまに見る非行少年そのものだった。おまけにわたしが話しかけたら、朝ご飯も食べないで逃げるように家を出てしまった。昨晩、なにかあったことは間違いないけど、その内容をわたしと共有する気はないらしい。それがわたしを遠ざけようとしてわざとやっていることなのか、思春期の男の子特有の行動なのかは、判断できない。ノアがまだエディの親友だったら、すぐにでも相談に行ったのに。

でもやっぱり気になって、自転車を漕ぎながらナタリーに相談したら、

「そうかい」

で話は終わってしまった。エディのことはちっとも理解できないし、させてもらえない。

今日はわたしのわがままで、地図作りを進展させず橋まで来た。先週のナタリーとそうしたように、ベンチでお昼を食べた。

ナタリーにパパのことを悪く言われてから、世界は複雑になってしまった。あの言葉を聞く直前まで、わたしの世界はパパを頂点に、もっとずっとシンプルだったのに。

パパが好き、町のことは嫌いじゃない。パパがいいと言ったものだけがいいもの。パパに好かれるためだったらなんでもしたい。

わたしの心は、いろんなものを呑み込んだ海。おだやかに死んでいく海。先週のナタリーはそこに小石を投げ入れて、波紋を広げた。いまや海はかき混ぜられて、底に沈んでいた岩や、岩の陰に隠れていたもの、岩が蓋《ふた》していてくれたものなんかが、海面に上がってきてしまった。

「アンタはどう思う？　わたしはパパのこと、半分しか好きじゃないのかな」

今週のナタリーはツナサンドをかじりながら、地図と本物の橋を見比べた。

「人間の感情は多面的だ。一人の人間に対しても複雑に入り混じった感情を抱く。それは他人が簡単に推《お》し量《はか》れるものでは無い。我々の認識と語彙《ごい》で、君の世界を身勝手に翻訳するわけにはいかない。故に君の質問には答えかねるが、強迫観念じみたものを感じるのは確かだ」

「先週のアンタは、この町で生きていかれないから、パパを好きだと信じ込んでるって言ってた」

「我々ながら的を射《い》ているな」

「アンタは親のことどう思っているの？　記憶や思い出がなくても愛してる？」

手についたパン屑《くず》をはらって、ナタリーはカバンから日記を出した。裏表紙をめくると、モノクロの写真が現れた。肩を抱き合った若い男女が、太陽のように微笑《ほほえ》んでいる。女性の方はお腹がふくらんでいた。

「アンタの両親？」

ナタリーはおごそかに顎《あご》を引いた。

「我々はこの一枚しか両親の写真を持っていない。だがこれで十分だ。我々は愛され、望まれて産まれてきた。我々はその事実に感謝し、故人となった彼らを愛している」

心のどこか暗いところで、ナタリーも親との間に問題を抱えていれば良いのにと願っていた。

「ごめんナタリー。わたし、アンタがわたしと同じだったらなって思った」

わたしと同じ、とても低いところで苦しんでいたら、傷を舐め合って、悲しいねと言い合えたらと期待してしまっていた。

「父親はともかく、ソフィア君は母親とも不仲なのか」

「大嫌い。わたしたちを置いて逃げた、最低の人間」

「母親との一番印象に残っている会話は？　悪いものでも構わない」

わたしは嫌々ながら、一年生のときにしたやり取りを話した。

小学校の演劇祭で、お姫様役のオーディションがあった。立候補者が多くて、審査は全部で三回もあった。最後に残ったのは、わたしと、ジュディ・ハーモン。

そしてわたしは選ばれなかった。

悔しかった。あんな気分を味わうくらいなら、最初の審査で落とされていた方がずっとましだった。

わたしは家に帰るなり、涙をこらえて母親に結果を話した。

「ねえママ。わたし、お姫様になれなかった」

わたしは母親に、なぐさめを期待していた。なぐさめのハグ、なぐさめのキス、なぐさめのキャンディ、なぐさめの言葉。他の子が親から当たり前に与えられているもの。心が弱っているときに欲しくなってしまうもの。

けれどソファに横たわった母親は、手に持ったファッション誌を眺めたまま、他人よりもそっけなかった。

「そう、これを糧《かて》に頑張りなさいね」

母親は母親のくせに、子供も子育ても好いていなかった。スカートやアイメイクのトレンドを押さえておくことの方が大事で、わたしの価値はそれら以下だった。

その半年後、パパが母親を殴る場面に初めて出くわしてしまったとき、同情心なんて湧かなかった。暴力への嫌悪と恐怖はあったのに、それ以上に、自業自得だと感じてしまった。

「わたし、母親似なの。ほとんど生き写しだって町長夫人は言ってた。パパはあの母親を憎んでて、だから似てるわたしのこともどんどん嫌いになってる」

口にしたくなかった真実。誰も言わず、けれど誰もが知っている町の秘密。

こらえきれなくなって、口の端から願いごとがこぼれ落ちた。

「自分とも他人になれたらいいのにな」

いまのわたしを作り上げているすべてのものに、別れを告げたい。パパもエディもこの町も、あの母親も、面倒な家事も一切無い世界で、自由に空想をしていたい。それを許されたい。

「だからね、ナタリー。嫌みじゃなくて、アンタがうらやましい。望んでそうなったわけじゃないっていうのはわかってる。でも、わたしも生まれ変われたらなって思っちゃうの」

過去を忘れ去って、『今を楽しめ　君は自由だ』と自分自身に言ってあげたい。

「どんな名前にするんだ」

ナタリーは大真面目な顔をしていた。

「は？」

対するわたしは、すっとんきょうな声。ナタリーは地図に指を這《は》わせると、船を岸から海へ押し出すように、確かな力強さで語った。

「成人と共に新たな名を授かる文化は、世界の各地にある。友人同士で名前を交換し、責任や社会的役割までも交換してしまう文化もあるという。名前とは人生そのものだ。逆に言えば、名前さえ変えてしまえば新たな人生を歩める。我々が町を移れば名を変えるのも、新たな人生を歩むためだ。君は自分に、どんな名前をつける」

ナタリーの声が頭蓋骨《ずがいこつ》の中で踊るように響き渡って、染みこんでいく。そのエネルギーを受け取って、図書館で読んだＳＦ小説に出てくる、自由で孤独な女性の名前が浮かんだ。別のＳＦ小説の作者についた肩書きも、なぜか一緒に引っ張り上げられた。

「ディーン・フェイ」

出来の悪いパッチワークみたいな名前を声に出してしまって、顔が赤くなった。

「て、テキトーに言っただけだから！　でも、でもさ、コマンダーやチーフよりはマシな響きでしょ？」

「ファミリーネームは？」

真っ黒な瞳が、わたしを貫いてベンチに縫い付けた。これ以上にないくらい、本気の眼差《まなざ》しだった。そういう風に見つめられてしまうと、パパの前でやっている物わかりのいい子でいられなくなる。舌の上でふくれあがっていく声が、閉じようとした口をこじ開けた。

「フェイが名前、ディーンが肩書き、ファミリーネームは無い。ディーン・フェイには親も兄弟もいないの。独りぼっち。だからどこへ行こうと、何になろうと、全部が自由」

どうしようもないくらい、言葉が湧き上がっては流れ落ちる。滝みたいに、涙みたいに。突然終わってしまった古い道が、別の方向へ再び延びていく心地がした。

「ディーン・フェイは、塗り絵をするのか？」

今週のナタリーには、図書館で塗り絵の話をしたのだった。

「しない。色鉛筆だって持たない。手には紙とペン。ディーン・フェイは冒険家で小説家なの。見たものは全部文字で書き残す。だから絵は描かない」

「どこを冒険するんだい？」

「世界中。太陽が歌う真夏の国、空に一番近い鏡のような湖、七色の鳥がはばたくジャングルのさらに奥！　一人で冒険するの。誰の手も借りない。わたしの力だけ」

わたしが言い終えると同時に、ナタリーは橋の途中、霧で姿が見えなくなってしまうギリギリまで走った。右手に丸めた地図を持ち、腕をこれでもかというくらい広げて、町で唯一の静寂《せいじやく》を断ち切った。

「生まれ変わりの儀式だ、ソフィア・ウォーカー！　君が心から過去を拒絶し、再びゼロから人生を始めたいのなら、いまここで橋を渡れ！　飛行機などなくとも箱を飛び立つのだ！」

わたしはナタリーの声に引き寄せられて立ち上がり、ためらいもなく、最初の一歩を踏み出した。

わたしの道を阻《はば》むように、霧が立ちこめる。

二歩進む。まだ橋は遠い。

さらに歩く。ナタリーがわたしを見つめていた。

水の中を掻《か》いて進まなきゃいけないみたいに、霧が押し返そうと立ちはだかる。わたしは歩き続ける。橋はいまや目の前だ。

走れ、足を動かせ。隣町まで行かなくたっていい。ナタリーの元まで行くんだ。生まれ変わるんだ。そしたらソフィアにさよならができる。自由になれる。夜が終わる。

まばたきをするたびに、たくさんの思い出が、雷のように攻撃的に光っては暗闇に消えていく。

不機嫌な母親、エディのくれたチョコ、昨日のノアと昔のノア、学校、『バビロン』、スーパー、リビング、不機嫌なパパ、調弦をするパパ、わたしに『My Girl』を歌ってくれたパパ。

わたしは走った。

家の方角へ、うつむいて一目散に。

自転車もナタリーもほっぽって、坂道を駆け上がった。並木も町の風景も目に入らない。

渡れない、捨てられない、他人になれない。

ナタリーの気持ちを裏切った。最低の人間になった。ソフィア・ウォーカーであることをやめられない。でも、生まれ変わりたい。

次から次に破裂していく思いは、矛盾《むじゅん》だらけ。感情同士がぶつかって、傷つけあう。

喉はカラカラで、口の中は血の味がした。それでも、あの家へ戻るための足は止められなかった。

走って走って、家に駆け込んだら、塗り絵を広げた。今日も風景画。いつも風景画。建物があって、道路があって、そして雲がある。

何色にも塗られず、真っ白な雲。灰色になることが決められている雲。雲は自分の色を自分で選べない。でもわたしは塗る色を選べる。簡単なこと。灰色以外ならなんだっていい。別の色で塗ってしまえばいい。

パパはここにいない。

鼻から息を吸って、口から吐く。目を閉じたまま、色鉛筆の入った箱を開けた。

灰色以外を引くんだ、二十色の中の、十九色、どれでもいい。

乱暴に箱の中をまさぐって、ようやく一本を手に取った。どうか、どうか。

目を開ける前に、三人のナタリーそれぞれの姿が、頭の中で舞った。

踊りながら不良をかわす最初のナタリー。

自転車に横乗りして古い歌を口ずさむ二番目のナタリー。

橋の上でわたしを奮い立たせようと叫ぶ三番目のナタリー。

制限付きの自由を、命の限りを使って楽しむ、初めての友達。

「わたしだって」

目を閉じたまま、色鉛筆を紙に走らせる。紙を突きやぶるくらい力を込めて。自由に、不自由に。

「何してる」

とっさに塗り絵を後ろに隠した。パパが怪しむ顔をして、わたしを見下ろしていた。

わたしは必死に言い訳を考えた。でも、パパを納得させられるような言葉が生まれてこない。パパにダメな子だって思われる。

「店を開ける。手伝いに来い」

それだけ言って、パパは廊下の向こうに行ってしまった。蝶番《ちょうつがい》の具合が悪くて、扉はイビキよりひどい音を立てて閉まった。

命拾いをした。

折れ目のついてしまった塗り絵を広げて、体から力が抜け落ちた。手が震え、色鉛筆が転がっていく。

わたしが選んだ一本は、灰色だった。

これは呪い、あるいは罰。

願うことさえ、わたしには許されていなかった。ただそれだけ。

わたしはうつむいて、お店に行った。今夜も盛況だった。

テーブルを拭いて、オーダーを取って、食べ物と飲み物を運んで、そればかり。ゼンマイで動くオモチャにだってできる。心のいらない作業だから。わたしはお皿を落とさないでいられるくらいには冷静で、お客の顔を判別できないくらいには上の空だった。

流しを片付けていると、客の一人がカウンターに乗り上がって、「ドジっ子ソフィア」と声をかけてきた。パパはショーの準備をしていて、その人はパパに聞かれたくないみたいだった。

「エドワードの話、聞いたよ。さすがビッグ・スタンの息子だなぁ」

何のことだかサッパリわからなくて、わたしはその通りに言った。

「なんだ知らねえのか。エドワードが不良のリーダーを殴ったんだよ。ほら、葬儀屋の孫の、思い出した、ノア・ブレット！　あんなキャンペーンを始めたのに何もしないんじゃ示しがつかないんで、町長が無理矢理やらせたって噂《うわさ》もあるけどな、それにしたって大したもんだよ」

わたしは皿を洗う手を止めて、客に詰め寄った。

「エディが？　ノアを？」

「ああ。町役場の窓を蹴り壊してたノアを、まずはエディが一発。すぐに反撃が二発入ったが、最後は馬乗りになってノアをこてんぱんにしたらしい」

ショーが始まって、その人はテーブル席へ移動した。

なぜエディがノアを？

エディは派手な喧嘩をほとんどしたことがない。それなのに、弱っちいくせに、わたしをパパからかばってはくれないくせに、よりによって親友だったノアを殴るなんて。

パパの歌も、今日は耳に入ってこなかった。何かが変わり始めている。家の外でも、家の中でも。

他の人が歌う番になって、パパはキッチンに戻ってきた。

「どうかしたのか？」

パパに聞くべきじゃないのに、他に話せる人もいなかった。

「ねえパパ、エディのウワサ知ってる？」

パパは小さく舌打ちをした。

「ああ。何考えてるんだろうな。うちでは何もしないくせに、外ではくだらない騒ぎを起こしやがって」

洗い立ての肉切り包丁を手に取って、パパは布巾でそれを拭いた。

「お前は、ああはなるなよ」

包丁にお店の照明が反射して、わたしの顔に当たる。

「わかってる。あんな風にはならない」

パパとエディの話をするとき、わたしはパパのするエディ批判に同調する。あいつはダメなヤツだ、お前はああなるな。何十回、何百回と同じセリフが唱えられてきた。

わたしの中の、エディに腹を立てている面と、パパに愛されたい面が、一緒になってエディを否定する。こんなことするべきじゃないのに。本当はエディに喧嘩なんてやめて、優しいエディでいてって言いたい。殴る人間より、殴られる人間の方がいいに決まってる。誰も傷つけない人間が、一番いいんだから。

エディは翌朝も顔を隠していなくなった。ウワサが本当なら、マスクとフードの下は、傷やアザでいっぱいになっているはずだ。『エディへ』って付箋《ふせん》を書いて貼った夕飯は、一口しか減っていなかった。ほとんど食べられないくらい、ひどいんだ。

ナタリーも、今日はわたしの前に現れてくれなかった。

ハサミを持ってバラの手入れをするミスター・ブラックに、ナタリーと話がしたいから呼んで欲しいと頼んだら、首を横に振られてしまった。

仕方がない。わたしは拒絶されて当然のことをしたのだから。

わたしの自転車は、今朝ポストに新聞を取りに行ったら、庭の塀にたてかけてあった。ナタリーが置いていってくれたんだと思う。何もかもが申し訳なかった。

わたしはまた、パパの向かいで塗り絵をした。どうしても雲を塗りたくなくて、建物を二時間かけて塗った。お店を掃除する時間になったから、いつもより張り切ってお皿を磨いた。

今日のお客は、みんなしてオーダーを取りに来たわたしを引き留めて、エディとノアの話を聞きたがった。フィル・スチュワートですら、自分からわたしに話しかけた。初めてのことだ。

客たちは、口々にエディを「町の誇り」だと讃《たた》えた。いつもはパパに気を遣って、まったく話題に出さないくせに。知ったかぶってエディを語る口に、片っ端からパンを突っこんで黙らせてやりたかった。ここにいないエディが灰色にされていく感じがして、愛想笑いもできやしない。

みんながエディの話をするから、パパも機嫌が悪かった。

「おいおい、今日は誰も俺の話をしちゃくれないのか？」

なんて冗談を飛ばしてはいたけれど、少し上がった語尾からは怒りが十分に伝わってきた。

そこに、パパの機嫌を最低にまで突き落とす人物まで現れた。町長だ。

前にも何度か来たことはあるけれど、いつも誰かに連れられてだった。

今日の町長は一人きりだった。

「こんばんは、ソフィア」

頼りない顔で微笑んで、町長はカウンター席についた。わたしはお水を出して、すぐにトレーで口元を隠した。

いまから、誰にとっても悪いことが起きる。

パパは町長をボンクラだと馬鹿にしているし、町長は店を社会の吹きだまりだと嫌っていた。そんな二人が口論するのは、いつもわたしとエディのことだ。

町長が今日来たのも、エディとノアの喧嘩が関係あるのだろう。

客たちは好き勝手に話しているフリをしながら、みんなして聞き耳を立てていた。灰色の好奇心が、店を埋め尽くしていく。

お水を一口だけ飲んで、町長から話を切り出した。

「スタンリー、人を雇うんだ。いくら自分の店だからって、まだ十三の娘を酒場で働かせるなんて非常識だ。もうちょっとこの子の将来について考えてあげないと――」

「そうだな！　ソフィアのドジで無駄になった酒代で、家が買えるってもんだ」

客の一人が野次を入れて、店が笑いに包まれた。わたしも町長とパパの顔色をうかがいながら、一緒になって笑った。パパは客の反応に気を良くしたのか、カウンターに寄りかかって前髪をはらった。

「アルフレッド、娘の教育に口を出したくて来たのなら、俺の提供できる酒は一滴もないぞ。学校も社会も『家の手伝いをしろ』と子供に教えるくせに、いざやらせると文句を言う。次はなんだ？『可愛い子には旅をさせよ』か？」

パパが周りに同意を求めて、豪快に笑う。お客たちはそれを察して、ガハガハと下品に笑ってジョッキをぶつけ合う。町長だけが、緊張感を保っていた。

「周りを頼れと言っているんだ。ソフィアもエドワードも大切な時期だ、わかっているだろう。体の変化、心の変化、普通の家で両親が協力して行うケアを、君はまったく怠《おこた》っている」

「お前さんの目は節穴か？　母親がいなくても二人は健康に育っているじゃないか。大きな病気や怪我《けが》もない。問題だって起こしていない。エドワードと葬儀屋の孫のことを言いたいなら、あんなのはじゃれ合いの範疇《はんちゅう》だ。誰だって若い頃に一度は通った道だろう」

「違う、君は何もわかっていない。温厚なエドワードがなぜノアにあんなことをしたのか？　ノアはなぜエドワードをみんなの前で勝たせてやったのか？　それにソフィアが――」

やめて、わたしの名前をこれ以上出さないで。

パパが怒りにまかせて、カウンターを蹴った。穴が開いて、木くずが宙を舞う。

お店は静まり返ってしまった。パパは低い声でボソボソと命じた。

「ソフィア、家に戻ってろ。話があるから寝るなよ。このご親切なお客様にお帰りいただいたらすぐに行く」

息を止めて、扉まで走った。振り返ってはいけない。立ち止まってはいけない。

家の中は暗く静かで、わたしはキッチンの明かりだけをつけた。

イスに座り、うつむいてパパを待つ。時計の音がヤケにうるさい。単調な音が百回して、二百回して、まだパパは来ない。こんなときばかりは、店の音が聞こえないのがもどかしい。

パパは絶対に、わたしが町長に助けを求めたのだと思い込んでいる。店の手伝いを嫌がっているんだって誤解している。町長が余計なことをしたばっかりに。

コンコンコンコンッ。

こんな時間に、ドアが三回ノックされる。間違えようもない、ナタリーからの呼びかけ。出たい。謝って、許してもらいたい。明日にはまた生まれ変わり、わたしを忘れてしまうナタリーに、最後のおやすみを言いたい。

言わなきゃ。これが最後のチャンスだ。行かなきゃ。

イスから立ち上がったのと、奥の扉が開いたのは同時だった。

パパの足音が近づき、外では足音が遠ざかっていく。わたしは今週の、頭でっかちで図鑑が好きで、不良を注意する正義感があって、わたしに生まれ変わる方法を授けてくれたナタリーを、永遠に失ってしまった。

パパが喚《わめ》き散らす声が、水の中にいるときみたいに遠くあいまいに聞こえる。意味のある単語を何一つ拾えず、うつむいた顔を上げられなかった。

心の中で何度もナタリーに謝った。たくさんの素敵なものをもらってばかりで、まだ何もお返しできていない。悔しくて情けなくて、一番は嫌われたくなくて。

荒れ狂うパパという嵐は、左耳に走った鈍い痛みを合図に、突然やんだ。

何かが垂れていく。頭がフライパンで殴られたような衝撃でボーっとする。目も耳も働いてくれない。痛みだけが存在を叫ぶ。わたしはまだ生きていると、余計なことを教えてくれる。

恐る恐る、痛みの走る部分に触れる。左目のななめ上から耳にかけてが、ベットリと濡《ぬ》れている。手のひらでぬぐい取ってみると、キッチンのか弱い光を浴びそこねたせいで黒々としていて、毒をもった生き物みたいだった。どんどんわたしの顔を這い落ちて、顔の半分が汚れてしまったのがわかる。

足元には、文字盤にヒビが入ってしまった時計が空しく転がっていた。もう針は動いていない。役割を果たせないのであれば、後は捨てられるのを待つだけになってしまった、悲しい時計。

自分で投げたくせに、パパは野獣みたいな目を見開き、うろたえていた。

五年ぶりだな、その顔を見るの。

パパは、わたしとめちゃくちゃになったリビングを残して、部屋へ引き上げてしまった。

これもあの時と同じ。

五年前、母親が出て行ったすぐ後のこと。パパはとても不安定になっていて、まだいい子でいる方法を心得ていなかったわたしは、些細《ささい》なことでパパを怒らせてしまい、左の頬を殴られた。

母親が口答えをして殴られるところを何度も見てきたから、わたしの心は痛みや恐怖ではなく、母親への憎しみでいっぱいになった。母親が逃げたから、わたしの番になったんだ。これからは母親の分まで、わたしが殴られるんだ。

あの時は、パパに見えるところでは血は出なかった。前からぐらぐらしていた左奥の乳歯が、殴られた拍子に口から飛び出ただけだった。痛かった記憶はない。それよりもパパの手が、炎を握りしめているみたいに熱くて、わたしを粉々にしようと振り下ろされたその体温を、ときどき思い出す。

実際のところ、パパは大して力を込めていなかったんだと思う。横の永久歯は無事だったし、顔にアザも残らなかった。

けれどパパは子供を殴ってしまった罪悪感か、それとも歯が抜けたのがショックだったのか、いずれにしてもわたしと物理的な距離を取るようになった。パパは二度とわたしを直接は殴らなくなり、同時にハグもキスもしなくなった。代わりに、うちでは物がどんどん壊れるようになった。そんなに多くはないけれど、血が出ることもあった。それでも直接殴られるよりかは、よっぽどいい。

わたしは止血よりも時計の破片を拾うよりも先に、玄関扉を開けた。

ナタリーはとうにいなくなっていた。その事実にホッとしているわたしがいた。もし声や音が漏れていて、それが聞かれていたとしたら。いくら明日が月曜日だからといって、こんなくだらないことで、ナタリーの一週間を終わらせたくなかった。

玄関前には、プレゼントが置かれていた。

いつかと同じ、紙袋に、五枚のチョコチップクッキーと、メッセージカード。二つ折りになったそれを開いたら、今週のナタリーらしい、ブロック体の挨拶がわたしを出迎えた。

『おやすみ　ディーン・フェイ』

紙袋を抱えたまま、わたしは膝から崩れ落ちた。

声を押し殺しても、涙は後から後から流れていく。涙は血と混ざって、地面やズボンに朱色のシミを作った。

嬉しい。ごめん。悲しい。許して。

ありがとう、ごめんね、助けて、いなくならないで。

「ごめんね、おやすみ、ナタリー」

誰にも届かない無意味な挨拶が、夜に呑み込まれていく。霧に吸い取られていく。

どこもかしこも、痛くてたまらなかった。

# 第四週　四人目のナタリー・クローバー

八歳のとき、小学校で「しょうらいの夢」という作文の宿題が出された。パパに殴られてから、何ヶ月か経った頃のことだ。

母親が出て行って以来、パパはずっと不安定で、それなのに外ではいつも以上に陽気にふるまっていた。反動で、家の中のパパはただ不機嫌なだけならマシというくらい、物に当たっては、わたしやエディに喚《わめ》き散らしていた。

わたしはずっと、割れるのがわかりきっている薄い氷の上を歩かされている心地で、毎日を過ごしていた。テーブルの傷を見るたびに、体中の血が凍り付いて、あまりの寒さに涙があふれそうだった。パパをナイフに近づけたくなくて、料理をするようになった。生きていたい理由なんてないくせに、いつ死んでもおかしくない日々が恐ろしかった。

わたしはノートに書いてしまった。

遠くへ、とにかく遠くへ逃げたい。誰の手も言葉も届かない、海の底のような場所へ行きたい。大きくて恐ろしいものが追ってこられない、絶対に安心できる場所で眠りたい。

でも、提出はできなかった。

わたしは誰かにどうにかして欲しいなんてこれっぽっちも思っていなくて、ただパパのいい子でいたいだけだった。作文は、まるでわたしがあの母親と同じことをしたがっているかのように語っていて、最低最悪の裏切り者になった気分だった。だというのに、書いた文字を消せなかった。

ノートを捨てることすらできなくて、枕の下に隠したら、パパに見つかった。

パパはわたしの目の前で作文をいくつにも引き裂いた。わたしは怒鳴られ、罵《のの》られるのに耐えながら、紙切れが下へ下へと落ちて行って、踏みつけられていく様子を、黙って眺めた。わたしがしくじったせいなのだから、言い訳も抵抗もできっこなかった。あんなもの書くんじゃなかったと、後悔することしかできなかった。

パパはテーブルを思い切り蹴《け》飛ばして、それでも飽き足らず、イスを片手で持ち上げると、床に叩きつけた。ニスを塗られたつややかな脚と背もたれが、瞬《まばた》きする間にがらくたになっていく様が、わたしの諦めを吸い上げて、年相応に怯《おび》えさせた。

被害者ぶって震えるわたしがうっとうしかったのだろう。パパは折れた脚を拾い上げ、わたしにむかって投げつけた。

避けたら怒鳴られるし、当たったら当たったで、何か言われる気がして、迷っている間に、イスの脚はわたしの左腕をかすめた。その拍子によろけてしまって、踏ん張ろうとしたのだけれど力の入れ方を間違えてしまったせいで、床に倒れた。すぐに立ち上がったけれど、足をひねってしまっていて、テーブルに手をついていないと体を上手く支えられなかった。

おまけに、折れたイスの脚は尖《とが》っていたから、薄手の上着どころか、わたしの腕まで切り裂かれた。うっすらと血がにじんだ。次に何が起こるか想像できず、わたしは固く目をつむった。だからそのときパパがどんな顔をしていたのか、わたしを見ていたかどうかもわからない。

パパの足音が遠ざかっていくので目を開けたら、パパはかつてイスだった木片を抱えて、まとめて庭に出すと、そのままどこかへ行ってしまった。

助かった、まだ命がある。そう思ったらすぐに傷が痛み始めて、またあの母親が憎くなった。パパが帰ってくるまでに家を元通りに掃除しなければと、意味のない使命感に駆られて、片足を引きずりながらホウキで床を掃いた。

傷は浅かったけれど大きかった。しかもアザになった。ちょうど、コンクリートの上で転んだときにできるかすり傷みたいに。だからパパは思いつけたんだろう。水やりをしていて滑って転んだのだという説明を、客は誰一人疑わず、パパの導いた通りの反応をした。どこまでいっても、自業自得な話。

パパは直接触れなければ大丈夫なのだと、自分の中で上手い具合に線を見つけられたみたいで、その線につま先をそろえて、わたしに怒りを投げつけるようになった。それは熱いコーヒーだったり、まだ夕飯ののったお皿だったり、空の酒瓶だったりした。ほとんどがエディのいないときだった。

そんなことがあったってお店は開くから、わたしも客の前に立たないといけない。

大人たちはわたしをからかうために、平気で残酷なことを言う。

「まったく、誰に似たんだか」

失敗をしでかさない限り、わたしはパパのいい娘でいられて、しくじってしまえば、しょせんはあの母親の娘だと、すっかり軽蔑《けいべつ》されてしまう。ソフィア・ウォーカーはひとりでに転んでばかりのドジで、父親に心配をかけるダメな子で、よそ者の母親似。いつかパパがわたしにナイフを振り下ろしても、それは事故で、わたしがドジなせい。

気にしていないフリ、忘れたフリをしていれば、今日を生き抜ける。今日さえしのげてしまえば、明日は勝手にやってくる。いつも必ず、夜と一緒に。

でもナタリー・クローバーは――。

リビングを元通りにするのに、そう時間はかからなかった。お皿が何枚か割れて、カーテンレールが壁から外れただけだった。床を掃いて破片は袋にまとめてしまい、物置から工具箱を出してカーテンレールを壁にはめなおせば、いつもとほとんど同じ朝を迎えられた。それが正しいことなのか考えもしないまま、わたしは慣れた手つきで、この家を日常の位置に戻してしまった。

顔の傷は血が止まってから確認したら、そこまで大きくはなかったから、絆創膏《ばんそうこう》を貼っておしまい。時間が経てば勝手に治ってしまう。新しいものができる頃には、消えてなくなっているはず。戻らないのは、時計の音だけ。

いままでもそう、全部が元通りになったことなんて一度だってない。キレイになったように見えても、嘘でうやむやにしているだけで、どこかしらは削れたり崩れたりしてきた。五年前からずっと、いつか取り返しがつかなくなるその日まで、少しずつすり減っていく。それを知っていながら、わたしはこの家が明日も明後日も生活という形を保てるように、ホウキを持って這《は》いずり回るのだ。誰に頼まれたわけでもないのに、十八歳まではそうするのだ。

時計もまとめて袋に入れて、ゴミに出してしまいたかった。けれどいざ壊れた時計を抱いて庭に出ると、それは人生を長く一緒に過ごしてきた物に対して、あまりにむごくて、灰色すぎるように思えた。

今になってようやくわかる。町のモットーはふざけている。いざ壊れてしまったとして、一体全体どこの誰が直してくれるというのだろう。子供は何もできず、大人は子供に無関心。それがこの町とモットーの、つまらない正体だ。

直すな、なんて上から目線の命令は、大人の臆病さを隠すためのズルい言い訳で、ただのごまかしでしかない。町の大人たちに、壊れてしまったものを直す力なんてない。それを認められない、弱い心しか、彼らは持っていない。

時計の針は、昨日わたしが血を流した時間を指したまま止まっている。あの時間を留められているような不安から、わたしは針を動かして時間をメチャクチャにした。

「壊れたのかね」

どこからかしなびた、枯れ枝みたいな声がした。初めて聞く声だ。

辺りに人はいなかった。道を挟んだ向かいの庭にたたずみ、シルクのハンカチでバラの葉を拭う、ミスター・ブラック以外には。

「見せてみなさい」

ミスター・ブラックがハンカチをコートのポケットにしまい、手招きをしていた。

わたしは催眠術にかかったみたいに、フラフラと道路を渡った。ナタリーが来てから、わたしの周りでは普通じゃないことがたくさん起こった。だからミスター・ブラックがしゃべり出したのも、驚きはしたけれど、ナタリーの力に違いないと納得できた。

「おはようございます、ブラックさん」

時計を差し出すと、ミスター・ブラックは医者が聴診器を当てて心音を聞くみたいに、時計に手を当てたり耳元に持っていったりして、音が聞こえるか確かめていた。

「私が直そう。少し時間がかかるがね。お茶でも飲んで待っていなさい」

招かれるままに、ミスター・ブラックとナタリーの家にお邪魔した。入ったこともない家の屋根に二度も上ったのだと思うと、ちょっと申し訳なくなった。

リビングには暖炉と、その前に上品な深緑のリラックスチェアが二脚あった。間にあるローテーブルは切り株の模様で、ナタリーが気に入っていそうな感じがする。

うながされるままに、わたしはリラックスチェアに浅く腰かけた。

暖炉の上には時計が五つもあって、全部が違う時間を指している。他にも壁掛けが二つ、大きな振り子時計が一つ。庭に出た時間を考えると、振り子時計が一番、正確に近いとは思う。

壁に沿って歩きながら、ミスター・ブラックはさりげなく正面玄関横のカーテンを開けた。本で見た彗星の尾みたいな、混じり気のある光が射し込み、リビングが華やぐ。丸窓からは花と芝生と白い柵だけが見えた。部屋は光と時計の音で満ち、パパの家も壊れた時計も、そもそも存在していないかのようだった。

わたしはありったけの空気を吐き出し、その二倍を吸いこんだ。この穏やかな景色に、足りないものがある。

「あの、ナタリーはいないんですか?」

ミスター・ブラックはケトルに水道水を入れて火にかけた。

「あの子は自分の部屋にいる。月曜日の午前は、必ず日記を読む。それでいつも自分の置かれた状況を理解しているのだ」

「ミスターは全部知っているんですか？」

「おまえさんこそ、どこまで本人から聞いている」

「両親と一緒に交通事故にあって、その後遺症だって」

「その通りだ。だが私は、精神面での理由も大きいと思っている。あの子は両親の体が潰《つぶ》され、息絶えていくのを間近で見た。生身の人間が、その人生が、突然粉々になっていく様を一番近くで見ていたのだ。とても十二歳の子供が耐えられる苦痛ではない。忘れることは、あの子が生きていくために必要だった」

ケトルから蒸気が上がって、ピーピーと甲高い音を出した。

「私が初めてあの子に会ったのは、両親の葬儀でだ。親戚同士の繋《つな》がりが薄く、そもそも数自体大していないから、遠縁の私にまで、一応はと連絡が来たのだろう」

ダージリンの香りがふわりと広がる。ミスター・ブラックは、小鍋で温めた牛乳をたっぷり注いだ。

「葬式のとき、あの子はもう過去を忘れ生まれ変わっていた。事情も知らずに気丈だと賞賛する者もいれば、心から同情する者もいた。気味悪がる輩《やから》もな。あの子はまだ生きていく上での指針を作れずにいた。不安定で孤独だった。親戚連中は渋々あの子を家族に迎え入れた」

紅茶が運ばれてきた。受け取ろうとしたら、まだ熱すぎるからと、ローテーブルに置かれた。ミスター・ブラックはイスに座らず、窓際の長机に時計を置いて、分解を始めた。

「だが、連中は毎週全てを忘れ去るあの子を受け入れられなかった。あの子の態度を嘘だ、演技だと疑い、罵った。あの子は何度も家を移り、結局は施設に捨てられた。ここまでが、私が二ヶ月前に電話で施設から聞いた話だ」

ミスター・ブラックは虫眼鏡を覗《のぞ》きながら、お茶目に笑った。ナタリーのことを、あまり気の毒がってはいないみたいだった。昔のわたしとエディみたいな、仲がいいからこその遠慮のなさが、声色に温かくにじんでいた。

「施設の連中はあの子が学校に行く間は面倒を見られるが、夏休み中は親戚と過ごすべきだとワケのわからんことを電話越しに言った。もったいぶった理由をつけていたが、連中もあの子を遠ざけたかったのだろう。私は逆に学校の面倒なんぞみられんが、夏休みに一緒に過ごすくらいなら構わなかった。おかげで毎日の話し相手もできた」

親戚だからか、同じ家で暮らしているからか、二人は独特な雰囲気が似ていた。社会に押し付けられるルールや、こうあるべきだなんて要求を無視して、自分の世界を作り出し、そこで快適に暮らしている。

わたしはカップを両手で包んで、一口飲んだ。華やかな香りが鼻の奥をくすぐる。喉にミルクが染みわたって、ささくれだっていた何かが撫《な》でられ、治っていく心地がした。わたしはもうすっかりミスター・ブラックと親しくなったつもりで、長年の疑問を軽い調子で聞いてみた。

「あの、どうして町の人とは話さないんですか？」

「あんな暗い顔の連中と口なんぞ利いて何になる。葬儀屋と弁護士とだけは、二年前に話をつけたしな。そうだおまえさん、次に町長と会ったら二度とうちのドアを叩くなと言っておけ。とんだお節介だ」

「あそこは夫婦そろってああなんです。わたしもおかげでひどい目に遭《あ》いました」

ミスター・ブラックが、また茶目っ気たっぷりに笑って、わたしも口元がほころぶ。ミルクティーのカップをテーブルに置いて、わたしは立ち上がった。

「わたし、ナタリーに謝りたいんです。ナタリーはわたしに両手から溢《あふ》れるくらい多くの幸せをくれたのに、わたしはひどいことばかり」

ミスター・ブラックは作業中の手元から目を離さず、けれど優しく答えた。

「あの子は一度だって、おまえさんを悪く言ったことはない。楽しい話ばかりだ」

十二時になって、振り子時計が鳴った。大きな鐘みたいに、低く響く音だった。

「あの子が一番喜んでいたのは、あのグローブだ。おまえさんはどうして、出会って二日目の他人にあげるプレゼントを、わざわざ買いに走ったんだ？」

わたしはごまかそうと黙って言葉を探し、けれど正直に話すことにした。

「ナタリーの手首に、傷があったんです。ナイフか何かでついたものだと思います」

「あの子が叔母夫婦の家で厄介《やっかい》になっていた頃についたものだろう。最初は親切だった叔母が、二ケ月で耐えかね、ナイフを振り回したのだと聞いている。酷《ひど》い話だが、よくある話だ」

「わたし、あの傷を見ていたくなかったんです。ナタリーのためじゃなくて、自分のために」

ミスター・ブラックは手を止めて振り返った。顔には数え切れないくらいの深いシワが刻まれていたけれど、澄んだ瞳のせいだろうか、他のどの大人たちよりも、命がみなぎって見える。

「おまえさんがスタンリー・ウォーカーにどんな仕打ちを受けているかは、大体想像がつく。その顔と昨晩の騒音、無関係ではあるまい」

「わたしが悪いんです」

「嘘だな。おまえさんは事実と向き合うのを恐れるあまり、問題を自分のせいにして思考を放棄している」

言い返せなかった。ミスター・ブラックは道を挟んだ向かいで起こってきたことを、見透かし、軽蔑していた。

「だがどんな事情があれど、おまえさんの行動があの子を救った、それもまた事実だ」

たかがグローブで、押しつけがましいプレゼントで、ナタリーの何が救われたのだろう。

「わたしの方が、ずっとずっと救われています」

「数字のように、容易に捉《とら》えられるものばかりではない。些細《ささい》な善行が、他人の人生を大きく変えてしまうことがある、そういう話だ」

ほら、とミスター・ブラックは時計をかざした。リビングに、針が動く音が一つ増えた。

「時計とは不思議なものだ。大自然の中に、時間などという概念は無い。人間がつかみ所の無い時の流れを可視化するために作ったものだ。人間は時計に正確であることを要求し、時間を理解し支配した気になっているが、その実、自らが作り上げた概念に支配されている」

哲学的すぎて、わたしにはまったくピンとこない。ミスター・ブラックは、はてなを浮かべるわたしの頭を、骨と皮だけの手で撫でた。

「時に因果は逆転し、結果のために原因をでっち上げるという矛盾《むじゅん》が生じる。個人のために存在するはずの町が、先人の捻《ひね》りだしたくだらないモットーのせいで、町のための個人へと精神の規範がすり替えられたように。長く続いているものは強大だが、正しいから残ったのだとは限らない。伝統は往々にして取り返しのつかない負債へと醜く変貌《へんぼう》してしまうものだ。真に残されるべきは、歴史の皮を被《かぶ》った呪いなどではなく、真心から成る財産だ。物質的なものでも、感情の授受でも構わない。おまえさんとあの子の間にあったのは、どちらだね」

この年老いた大人は、語るべき言葉を持っていて、それに価値があるとわかっているから、簡単には人と話さないのだろう。町のモットーが見栄っ張りな言い訳だということも、パパが家族に対してはどんな人間なのかも、初めから知っていたのだろう。ナタリーと会う前のわたしが、立派な町の一員だったから、かける言葉なんていままではなかったんだ。

廊下から扉が開く音がして、わたしは振り返った。

ナタリーがいた。まだヘアバンドをしていなければ、トレンチコートも着ていない。靴すら履いていない。赤ん坊よりも無垢《むく》な瞳を見れば、彼女が再び生まれ変わったのだと、頭でも心でも理解できた。

「君、もしかしてソフィア？　僕の親友の」

わたしは泣きたいのをこらえて、たどたどしく挨拶《あいさつ》をした。

「そう、かも。はじめまして、ナタリー」

「！　ちょっと待っててくれ！」

ナタリーは慌ただしく部屋に戻ると、手に指ぬきグローブをはめて再登場した。

「どう？　似合うかい？」

わたしはナタリーとの距離を測りかねていた。昨日も先週も、ロクな別れ方ができなかったから。わたしのせいで。

斜め後ろで、ミスター・ブラックが咳払いをした。何を言いたいのかはわかっていた。時計はミスター・ブラックに直してもらえて、また動くようになっても、時間はまるで正確じゃないし、盤面のヒビは決して元には戻らない。でもこうして再会できたこと自体が、とても素敵で特別だと、胸の奥が温かくなる。

ナタリーの期待に、今度こそ応えたい。だからぎこちなくても、笑顔で軽口を叩いてみせた。

「似合ってくれなきゃ困るよ。ナタリーにあげたんだから」

ナタリーはさわやかに笑った。

ミスター・ブラックはキッチンへ移動し、お鍋でお湯を沸かす。

「せっかく来たんだ。ソフィア、お昼を食べていきなさい」

パパのお昼を用意しないといけないから、辞退しようとしたら、先にナタリーに手を握られてしまった。

「おじいさん、素晴らしいアイデアだよ！　僕はじっくりソフィアと知り合いたいしね」

ナタリーはわたしをイスに座らせると、キッチンへ走って、お昼ご飯を作り始めた。

野菜や肉が次々にフライパンへ放り込まれていって、そこにゆであがったパスタも加わり、最後にケチャップが一瓶まるごと投入された。

信じられないような作り方だったけど、あまりにいい匂いがするから、お腹がぎゅるるるると切ない悲鳴を出した。ナタリーとミスター・ブラックは、声をあげて笑った。

リビングにイスは二つしかないから、わたしとナタリーは長机の上に座って足をバタバタさせた。ミスター・ブラックは怒らなかった。

パスタを食べながら、ナタリーとわたしは、また交互の質問ゲームをした。

同じ質問をされるのが四度目でも、わたしは新鮮な気持ちだった。今週のナタリーはいままでのナタリーと同一人物だけど、別人で、それが彼女にとっての普通だった。

「前からずっと気になっていたんだけど」

「いいよ、なんでも聞いておくれ」

「アンタ毎週しゃべり方が違うけど、それはどうして？」

今週のナタリーは、最初のナタリーに似ているけれど、あそこまでのキザったらしさは無い。年上の、気前の良いお兄さんみたい。どこかの誰かの、昔の姿みたいに。

「気分だよ」

「気分なの？」

「ああ。月曜の朝、起きたらまず日記とルールブックを読む。これは反復行為の成果ってヤツで、頭じゃなく体が覚えているんだ。その二つを読み終えたら、『自由に生きろ』を実行する。そのときの気分で、こういう僕でありたい、こういう僕になっちゃおう、って」

思い立ったことを見事に実行できているのだから、大したものだ。

「さ、次はアンタが質問する番」

ナタリーはミスター・ブラックが暖炉を向いているのを確認して、ヒソヒソ声で話した。

「ディーン・フェイについて聞かせておくれよ」

わたしもヒソヒソ言った。

「明日、地図を作りながら話そう。まだ山の方には一緒に行ってなかったでしょ。ピクニックしよう」

まだ十三時半だったけど、わたしはナタリーにお礼と早すぎるおやすみを告げ、それからミスター・ブラックにお礼を言い、直してもらった時計を大切に抱いて家に帰った。

パパは座って新聞を読んでいて、わたしがコーヒーを飲むか尋ねたら、黙ってうなずいた。お湯を沸かしている間に、床下に隠していたナタリーの手作りクッキーを取り出して、パパの背中を見つめながらかじった。一晩たったせいで湿気ってしまったけれど、十分おいしかった。わたしはペロリと五枚全部をたいらげてしまった。パパは一度も振り向かず、リビングはこの家の日常そのものだった。


とある事情から、予定を変更して、ピクニックは水曜日になった。

火曜日の朝、わたしが向かいの家を訪ねたら、ナタリーは目の下にクマを作っていた。ピクニックに持っていくクッキーを焼こうとして失敗し、一晩中それを繰り返していたらしい。そういうわけで、急遽《きゆうきよ》ミスター・ブラックの家で子供料理教室が開かれた。

わたしたちはまず、スーパーで材料を買い足した。町の人たちは相変わらずナタリーを拒絶し、遠巻きにしてはいやらしく悪口をささやいていたけれど、そんなのはもうどうでもよかった。

帰り道、『バビロン』に寄ってエプロンを買った。わたしのは白地にオレンジのチェック模様、ナタリーのは腰巻きタイプで、青地にネコの刺繡《ししゆう》がされているやつ。

料理中に無音では寂しかろうと、ミスター・ブラックはレコードを持ってきてくれた。わたしはナタリーと歌ったあの曲を選んで、今度はわたしが教えてあげた。

「いい歌だね」

ナタリーはすぐにメロディを覚えて、わたしより上手く歌った。

クッキーを作っている間、何曲も、何十曲も聴いた。ナタリーはどんなメロディも、一度聴いたら忘れなかった。時間の意味と価値を誰よりも知っているから、音を一つたりとも取りこぼさないで吸収していく。今週のナタリーは、本人は四つ葉のクローバーだと言い張るクッキーの形が、理科の授業で習った微生物にしか見えないくらい、料理のセンスは破壊的だけど、歌声には天使が宿っていた。

オーブンでクッキーを焼いている間、わたしたちはまた、あの歌をデュエットした。

『And I'll be there　You've got a friend』

できあがったクッキーを、一枚ずつ食べた。歯を立てると、たちまち砂糖と小麦の柔らかな香りが口の中をスキップした。生地はホロリと舌の上を転がり、その隙間を埋めるように、熱いチョコの欠片《かけら》が溶ける。完璧な出来だ。ミスター・ブラックにもあげたら喜んでくれたけど、片付けをしている間に二枚目を盗み食いしようとしたから、ナタリーと二人で止めた。でもミスター・ブラックのほうが上手《うわて》で、ちょっと目を離した隙に、三枚も取られてしまっていた。とんだ食いしん坊だ。おかげでピクニックに持って行けるクッキーはかなり少なくなってしまったけれど、道中その話でかなり盛り上がれたから、許してあげる。

ナタリーは自転車の後ろに座らず、フレームに足を乗せて立った。運転するわたしの肩に手を置

いて、まるで軍隊の指揮官みたいに。危ないと言ったのだけど、

「人生は危険そのものさ」

と笑い飛ばされた。

「それにその姿勢じゃ地図を書けないし」

「しまった、そこまで考えていなかった」

もう、馬鹿。

山のふもとの方も、廃車や廃屋があるせいで旧飛行場みたいに不良がたまり場にしているのだけど、今日はネズミ一匹いなかった。町の中心でも、ここ数日はノアの手下を見かけなかった。キャンペーンは成功しているのだろうか。エディはまだよそよそしいし、顔を見せてはくれない。

考え事をしていたら、もう目的地に着いていた。

山のふもとのクローバー畑。花もまばらに咲いている。

ナタリーは草原に倒れ込んで、地図を広げた。黄ばんだ羊皮紙《ようひし》の上三分の二は絵と文字でいっぱいになっていた。空いたところにガラスペンが気持ちのいい音をたてて走り、クローバーの絵が加わっていく。

わたしはナタリーの横にうつぶせて、クローバーを指でつついた。

「わたし、四つ葉のクローバーを見つけられたことない。それはたぶん、見つけられると思っていないから。幸運は信じる人の前にしか姿を見せない。信じない人を通り過ぎて行ってしまう。だから幸運を知る人はどんどん幸運になるし、不運を嘆く人はますます不運になるの」

ナタリーはクローバーの絵の下に、堅苦しい言葉を添えた。

『信じよ、さらば現れん』

不思議な地図だ。ナタリーの数だけ絵柄も字体も違うのに、どうしてか調和していた。それはどのナタリーにも、自分を信じる心が共通しているからだろうか。

「わたしも幸運を見つけたいな」

ナタリーはガラスペンで、わたしの肘を指した。

「そこに生えているよ」

「わっ、ホントだ」

腕を上げると、そこに四つ葉のクローバーが生えていた。人生で初めて見た。

幸運の象徴を潰してしまわないよう気をつけて、仰向けになった。

空を雲が流れていく。温《ぬる》くて湿った風が、わたしたちの体をサラリと撫でては、どこかへ去ってしまう。今日は霧が全然出ていない。いまなら橋の向こうが見えるのだろうか。

霧のことを考えると、そこにパパの家が亡霊のように浮かんで揺れる。そうだ、わたしはナタリーとの約束を果たさなければいけない。

「ディーン・フェイについて語る前に、お葬式のことを話させて」

ナタリーも仰向けになる。

「日記に書いてあったね。十八で死ぬって。どうして?」

わたしは眩《まぶ》しくもないのに、手のひらを空にかざして、顔に影を落とした。

「絶望ってね、冬へ向かう夜の姿をしているの。毎日必ずやってきて、怪物みたいに襲いかかってきて、わたしの意志で避けたり逃げたりできない。そして段々と長くなっていく。八歳のとき、母親が家を出て行った。パパは机にナイフを何度も刺して、そのときに、いつかわたしも机と同じ目にあうんじゃないかって絶望した。パパは一度だけわたしを殴って、もう直接は殴らないけど、機嫌が悪いとわたしを傷つける。そんな人生が、五年も続いてる。夜は長くなるばっかり。だから短い昼間に考えたの。十八で死のうって。最初の絶望からちょうど十年、それまでに夜から一秒でも昼間を取り返せなかったら、もう生きてく希望なんてないだろうから。十八になる頃には、人生は夜だけになってしまっているだろうから。毎日、目が覚めるのが怖いの。朝が来ていなかったらどうしようって」

この町に生まれてしまったために、あの両親から生まれてしまったために、日の射さない人生が約束されてしまった。ずっと町のモットーを信じていた。誰も直しに来ないから、まだ何も壊れていないんだって、まだ大丈夫だって自分を勇気づけた。この町の中じゃ、何者にもなれっこない。でも外では生きていかれない。時間は消費され、体ばかりが大人になり、そのせいでますますパパに嫌われる。約束された夜という怪物が、わたしの未来にへばりつき、大きな口を開けて待ち構えている。

ナタリーはわたしの真似《まね》をして、両手を空にかざした。

「雲に覆われていようと、太陽を抱こうと、星に彩られようと、空は空だ」

そよ風のようなささやき声。

「空は、人の不幸とも幸福とも関係なく、ありのままの姿で存在し続ける。人が勝手に名前を与え、意味を持たせようと躍起になっているだけなんだ」

やっぱり、ナタリーとミスター・ブラックはよく似ている。同じ眼差《まなざ》しを持っている。うつむく子供と、灰色の空を仰ぐ大人ばかりのこの町で、地面と平行な目線で世界を語る。

疲れてしまって、腕を下ろした。風がそよぐ。クローバーが踊る。

「まだ夜は怖くて嫌いだけど、アンタが町に来てから、ちょっとだけ考えが変わったんだよ」

腕を上げたまま、ナタリーは目をまん丸にしていた。

「アンタを見てたら、変われるのかな、変わってもいいのかな、ソフィアじゃなくなってもいいのかなって。ディーン・フェイなんて、知っている名前と肩書きをテキトーにつなげただけなのに」

大きく息を吸って、一秒息を止めて、吐き出す。

「夜が少しだけ短くなった」

十八で死ぬのを完全にやめたわけじゃない。でも幸福を、希望を諦めるのはまだ早いかもしれない。四つ葉のクローバーだって、こんな町にもあったのだから。ナタリーが教えてくれて、見つけられたのだから。

「もしディーン・フェイに生まれ変わることができたなら、わたしは毎日空想をして、それを文字にする。詩にして小説にして、それを夜に怯える誰かに届けたい」

八歳のわたしを、救ってあげたい。

「夏の間に一作でも完成したら、まず僕に読ませておくれよ。君のファン第一号だから」

ナタリーは足を組んで、歯を見せて笑った。

「アンタはいつも、わたしが一番欲しい言葉をくれるのね」

「君のことが大好きだから」

いつだってナタリーは正直で、飾らなくて、そしてわたしを大切な友達だと認めてくれる。

「いまから罰当たりなことを言うね」

わたしはナタリーの指に自分の指をからめ、グローブ越しに手を重ねた。ナタリーが握り返してくれて、わたしは少しだけ気が大きくなり、とうとう許されない言葉を声にした。

「わたし、パパが嫌い。大嫌い」


夢は声に出すと叶う、学校でそう教わった。

言葉には力がある。誰かを守る言葉、傷つける言葉、使い方を間違えれば、言葉に裏切られて、めった刺しにされてしまう。

だから木曜日の晩に起こったことの全部が、わたしの自業自得だった。

玄関のドアを開けたら、リビングの空気が最悪だったなんてのは、よくあることで。わたしが耐えて謝って、そうしたら時間が解決してくれて。

パパは右手にテディベアを持っていた。それだけでも心臓が止まりそうだった。

パパは左手に、しわくちゃになった札束を握りしめていた。

テディベアの背中から、綿がこぼれ落ちる。

「俺の財布から盗んだのか。店のレジからか」

パパはテディベアを引きちぎった。床に投げつけて、踏みつけた。

「違う。わたしは人からものを盗《と》ったりなんてしない」

「じゃあどうやったらこんな大金を集められる？」

「……お客さんにもらったチップ」

「服や文房具を買うって言ったよな。あれは嘘か」

答えられなかった。真実を言おうと嘘を言おうと、パパはわたしの言葉を受け入れない。守ってきた『パパの小さな女の子』というニセモノの像が、わたしをせせら笑って霧になっていく。

「黙ってりゃ話が終わると思ってんのか！」

「ごめんなさい。嘘をつきました」

家が思いきり揺れて、きしんでいく。パパの車が帰ってくるときとはくらべものにならない。とりつくろって、無理くり間に合わせてきたものがくずれていく。

「この間は酒を飲んでつまらない嘘をついたと思ったら、おうおう、嘘の常習犯だったたってわけだ」

違う、お酒なんか飲んでない。あれはわたしのせいじゃない。

「お前もあの女と同じだ。クソッ、養ってやってる俺に隠し事なんてしやがって。アバズレめ。この金で町の外に出て行こうってか？　何の取り柄もないくせに夢なんか抱くな」

パパはわたしが聞いたこともないような汚い言葉を吐き捨てながら、階段をのぼって行く。追いかけるしかなかった。言い訳をしたかった。

「お願いパパ聞いて――――」

すがり付こうとするわたしを、パパは太い腕で振り払った。肌が五年ぶりに触れ合って、思わず顔を見合わせてしまう。

頭の隅の方で、わたしはずっと冷静だった。そうだ、ちょっと大げさに倒れてみよう。そしたらパパは心配してくれるかもしれない。ひざまずいて謝って、そしたらわたしは「大丈夫だよ」って笑う。そしたらわたしたちは、昔に戻れる。そしたら、そしたらきっと。

体が一階の方へ倒れていく。そうしようと思えばすぐに手すりを握れて、足だって一歩下げればバランスを取れる。でも、そうはしなかった。重力とか加えられた力とかにまったく抵抗しないで、なるようになれと力を抜いた。

階段に体が打ち付けられる。最初の衝撃が背中を駆け巡ったとき、わたしはとんでもない勘違いを、見当違いな期待をしてしまったことを理解した。あのときと同じだ。母親になぐさめを求めたとき。母親はなんて言った？　わたしに何をしてくれた？

わたしの体が階段を転がり落ちていく。手も足も無駄に長いせいで、あちこちをぶつけた。リビングの床にお腹を打ち付けて、ようやく回転が終わった。髪の毛が邪魔で何も見えない。起き上がろうとしても、体はけいれんするだけでわたしの指令なんて無視するし、声を出そうにも「あー」とか「うー」とか、まるでフィル・スチュワートだ。

体の機能が回復するまで、パパがどんな顔をしてわたしを見下ろしているのかを想像した。階段を下りてくる音がしないから、心配で駆け寄るっていう最高の結果になっていないことは受け入れないといけない。びっくりしているかな。それともコーヒーをぶちまけたときみたいに、わたしが憎くてたまらないって顔かな。土曜の夜に『My Girl』を歌ってくれたときの、わたしが大事だって顔はしてくれないのかな。

このまま伏せていれば、結果を知らずに済む。でも、そうしてはいられない。仕事を再開した耳が、ミスター・ブラックが直してくれた時計の音を拾い始めた。止まっている場合ではない。秒針のように、動かなければ。

床に左手をついて体を持ち上げ、右手でわざとらしく弱々しく、髪の毛をかきあげた。階段を目で追い、視線を持ち上げていく。

わたしの予想は全部はずれていた。

パパはもういなかった。この家には、わたしを待ってくれる人はいない。

ほら、また夜が長くなる。

床を這って、引き出しからチョコの袋を乱暴に取り出した。手をつっこんで、片っ端から口に入れる。頭痛がするくらいの甘ったるさ。ちっとも美味《おい》しいと思えない。吐きそう。でも食べる。飲み込む。また食べる。

フラフラしながら、眠る前にかつてテディベアだった布きれと、黒くすんだ綿を拾い集めた。重たいまぶたを持ち上げて、布きれを縫い合わせていく。でも元とまったく同じには戻らない。全身縫い目だらけで、化け物みたい。綿を拾いきれなかったのか、体は痩《や》せ細ってしまった。不気味で無様で、わたしには壊れたものを元通りにすることなんてできないと思い知らされる。

こうしてわたしは、パパの世界から追放された。

同じ家にいて、わたしが何度話しかけても、返事をしてもらえない。作ったご飯は、一口も手をつけてもらえない。ひどいときには、床にぶちまけられてしまう。

わたしは透明人間になってしまった。

いっそ心まで透明になれたらよかったのに、傷だけは更新されるから、人間は不自由だ。

パパの世界から消されてしまったからといって、家事から解放されたわけじゃない。掃除も洗濯もわたしがしなければならない。一つでもやりそびれたら今度こそ、わたしの命はないだろう。

馬鹿みたいだった。

そこから逃げ出せないわたしも、何もかも。

土曜の夜だというのに、お店の手伝いがないから、わたしは暇を持て余してしまった。無視されたのはショックで、同じ空間にいると泣いてすがって許しを乞いたくなるのに、パパがいないと、色んなことがどうでもよくなった。

金曜も今朝も、店の手伝いがあるから今日は遊べないのだと、みじめさを隠すため、ナタリーにまで嘘をついた。世界でたった一人、本当の味方である彼女よりも、わたしはまたこの町の普通を優先してしまった。

『夏の間に一作でも完成したら、まず僕に読ませておくれよ』

クローバー畑でのナタリーの言葉。

ナタリーだけが、わたしに期待してくれている。

わたしは短い、独立した空想を描いたことはあっても、作品を完成させたことはない。絶望とか家事とかを言い訳にして、挑むことに怯えていた。

時間はある。誰もわたしを邪魔しない。失うものだって、そんなには無い。

戸棚からノートを取り出した。作文をパパに破られて以来、紙に空想を書かなくなった。意味がないことだと悟った気になっていたけれど、パパに見つかるのが怖かっただけ。せっかく透明人間になったのなら、透明人間の楽しみ方をしないと。時間は待ってはくれない。

書いてみよう。ナタリーのために。わたしのために。

ノートを広げて、思いついた単語をボールペンで片っ端から書き殴った。ナタリーに読んで欲しい。わたしの思い、わたしの空想、ディーン・フェイの力。五年分の痛みと十三年分の夜に向き合って、捨てた気になっていた空想を拾い集めて。

真夜中、パパが店から帰ってきたときも、毛布をかぶって文字を書いていた。何度も何度も書き直す。小声で音読して、また書き直す。手は止まらない。ナタリーへの思いが溢れ出して止まらない。

ふと窓の外を見ると、雨が降り出していた。夜の仲間だから、雨は嫌い。昼間も暗くする、明かり泥棒だから。

けれど、今だけは構うもんか。雨はいつか止む。誰も太陽を消せはしない。夜がどんなに長くても、その支配は昇ってくる朝日に打ち砕かれる。ナタリーたちが教えてくれた。変わる勇気さえあれば、自分の力で踏み出しさえすれば、何にだってなれる。

書くこと以外、何かをしたいとも、しなければとも思わなかった。パパがわたしを許さなくても、書き上げたかった。思いも願いも祈りもこの夜も、すべて文字にしよう。

何度も何度も書き直す。小声で音読して、また書き直す。雨も夜も、町もパパも、もう誰にもディーン・フェイを止められない。

完成したのは日曜日の十四時半だった。

朝ご飯も昼ご飯も食べず夜通しで書いたのに、できあがったのは詩で、ほんの数行のもの。頭の中では無限に広がっていた空想を、そのままの形で現実に引っ張り出すのはまだ無理だった。

詩を書くのはクッキー作りと同じだった。材料を混ぜて、クローバーの形に成形したつもりが、下手クソすぎて変な形になる。

でも食べてみたら美味しくて、幸せな気分になれる。

完成した詩を音読してみたら、意外と悪くなかった。

詩を書いた紙だけを持って、家を出た。道路を渡るだけだから、傘だってささない。髪はクシャクシャだし、お風呂に入っていないから少し臭うかもしれない。今だけは、雨に感謝した。

レンガの上を雨粒と一緒に跳ねて、ドアをノックする。

ナタリーが飛び出してきた。

「どうしたんだい、ソフィア。濡《ぬ》れてしまっているじゃないか」

「そんなのいいの。アンタに読んでほしいものがあるの」

文字を消した痕《あと》がいくつも残る破れかけの紙を、ナタリーの胸に押しつけた。

「ディーン・フェイの記念すべき第一作。世界にまだ一つしかないの。まだ読者だって一人もいない。読んで。アンタとわたしのために書いたの」

言い終えたらすぐ、家に逃げ帰った。その場で感想を聞くのが怖かった。

シャワーみたいな雨のせいで、道路を一往復しただけなのにビショ濡れになってしまった。体を拭かず、階段下に倒れ込む。

パパが店に行く前に電気を消してしまったから、リビングは薄暗かった。

わたしは目をつむって、自分に言い聞かせるように、書いた詩を暗唱した。

**生きねばならぬ　孤独が雄叫びを上げる**
**生きねばならぬ　夜が世界を支配する**

**生きねばならぬ**
**今日も昨日も明日さえも　取るに足らない時の影**
**生きねばならぬ**
**もう少し休みたい　もう少し眠りたい**
**生きねばならぬ**
**幸も不幸も噛《か》みしめて　夜を抜き去り霧を絶つ**
**生きねばならぬ　いつか巡り会うために**
**生きねばならぬ　やがて朝が来るのなら**
**生きねばならぬ　若葉の丘で風そよぐ**
**生きねばならぬ　わたしは生きねばならぬ**

唱えながら、わたしはナタリーとの時間がゆるやかに終わりへと向かっているのを感じた。夏が終われば、ナタリーは施設に行ってしまう。橋の向こうへ、霧の彼方へいなくなってしまう。この特別な時間も、つまらない日常に戻ってしまう。ナタリーは町の外で生まれ変わり、わたしを忘れてしまう。

だからこの詩を、あの日記に挟んでもらいたかった。ナタリーに、その生き方に救われたのだと、感謝を伝えたかった。ナタリーのすべてがわたしにとってはかけがえのない財産であるように、わたしの真心を、ナタリーに受け取って欲しかった。

すぐにドアをノックして、感想を言いに来てくれると思い込んでいたのだけれど、夕方になっても、ナタリーは来なかった。雨は勢いを増して、外はいつか望んだ海の底みたいになっていた。

パパはお店へ、エディはベビーシッターへ。誰の声も届かない世界を願ったはずなのに、独りぼっちの夜が心細くて、雨の音が恐ろしくて、わたしは耳を塞《ふさ》いで階段下にうずくまった。

あの詩、ナタリーは気に入らなかったのかな。パパはいつになったらわたしを許してくれる？

エディは最近、またコソコソしている。

夜はまだ長い。

チョコを食べようと引き出しを開けた。あの夜、あんなに無我夢中で食べたのに、ちっとも減っていなかった。あれは夢だったのだろうか。不確かなものばかり。気がめいって食欲が失せ、そのまま引き出しを閉じた。

リビングの中心に立ち尽くすと、世界は雨音だけを残して霧に溶けてしまった。一方的に別れを告げて逃げたあの母親のように。

ナタリーに会いたい。ナタリーだけに会いたい。そう思ったときだった。

コンコンコンッ。

わたしを呼ぶ、いつものノック。一目散に玄関へ飛んでいった。ドアに耳を押しつける。

「ナタリーなの？」

「行こうか、ディーン・フェイ。冒険の時間だ」

涼やかな声が、雨音をかき消した。世界は闇を追い払って風景を取り戻し、その中心にナタリーがいるのがわかる。

ドアを開ける。ナタリーが全身から雫《しずく》をしたたらせて、瞳をらんらんと輝かせている。

「君の夜を、僕が革命してあげる」

差し出された手を取るべきかどうかなんて、迷わなかった。迷うのは、ソフィア・ウォーカーのすることだから。

ディーン・フェイは、微笑《ほほえ》みと自信だけをたずさえて、ナタリー・クローバーの手を掴《つか》む。ふり返ったりなんかせず、この家を飛び出す。

わたしたちは町へ駆けだした。

夜がどうとか、雨がどうとか、パパがどうとか、脳裏をよぎった踏み出さない言い訳は、全部家に置いていった。わたしにはナタリーがいて、ナタリーにはわたしがいる。わたしたちは世界にただ一人のわたしたちで、でもそれは、独りぼっちという意味じゃない。

公園へ、町役場へ、図書館へ、旧飛行場へ。

ずっと手を繋いでいた。びしょびしょになってつま先の感覚がどこかへ行ってしまっても、わたしの右手とナタリーの左手は、互いに体温を分かち合い、そして相手を感じ取った。

雨音は世界から音を奪う侵略者ではなくて、世界を彩る楽器だった。地面に染みこんでいく音は、命を育む親し気な声色をしていた。水たまりを跳ねる音は、ピアノの合奏みたいにとことん愉快だった。わたしとナタリーの肌を打つ音は、心強くて柔らかい、ナタリーの声に似ていた。

顔を上げれば、雨粒が街灯で照らされて、ダイヤモンドみたいに輝いていく。

なんて眩しい夜なんだろう！

宝石の中を泳いで踊る。喉が渇いたら、雨を飲み込んだ。わたしたちはずっと走っていられた。霧も、灰色の空気も、夜への恐怖も、雨は一つ残らず撃ち落としてくれる。すべてがわたしたちの思い通りになる世界だった。

冒険のゴールは、わたしたちのスタートと同じ、ミスター・ブラックの家の屋根。のぼりきった途端、ナタリーはわたしを抱きしめた。雨のせいだろうけど、顔はグシャグシャになっていた。いつもは色んな方向へ跳ねてしまっている自由気ままな髪が、すっかり肌に張り付いて、それだけで頼りなげに見えた。わたしはナタリーの背中に手を回し、体を押し付けた。二つの鼓動《こどう》が重なって、わたしの命が、ナタリーの命になる。

「ねえナタリー。わたしの詩、気に入ってくれた？」

「僕は君にもらってばかりだ」

いつかのわたしみたいに、弱々しく、傷ついた声。

「わたしのほうこそだよ」

ナタリーが顔を横に振る。水滴がいっぱい飛んできた。

「日記を読んでわかったんだ。僕はどこにいっても独りぼっちだった。どの町でも一人で地図を作っていた。君だけが僕と一緒に町を歩いてくれた。自転車に乗せてくれた。歌を歌ってくれた。詩を書いてくれた。グローブをくれた。何度も友達になってくれた」

どうしようもなく傷ついてきたわたしたちは、身を寄せ合ったって、体温じゃ傷痕が埋まってくれないことを、いやというほど味わってきた。そんな意地悪な人生でも、友達がいれば、不器用な自分を許して、顔を上げられる。

ねえナタリー。わたし、もう夜が怖くないよ。雨は輝いているよ。アナタとつないだ手は温かかったよ。

「僕を許してくれ。君を忘れてしまう罪深い僕を」

こんなにか細く震えるナタリーの声は聞いたことがない。

わたしは抱きしめる力を強くして、左頬をナタリーの左頬とぴったり合わせた。雨で冷たくなってしまっていても、その奥にある体温が、ナタリー・クローバーという存在を、わたしに焼きつけてくれる。

「許すも何も、怒ってないよ。何度でもわたしを忘れるアナタと、何度でも友達になるから」

だから安心して、また生まれ変わっていいんだよ。

「アナタが何者になったって、ずっとずっと大好きだよ」

だから安心して、眠っていいんだよ。

「おやすみ、ナタリー・クローバー」

# 第五週　ナタリー・クローバーとディーン・フェイ

月曜日、十三時、ノックは三回。

顔も知らない友人を訪ねてきてくれたその子に、五回目のはじめましてを言う。

「はじめまして、ナタリー」

袖の破けた白いトレンチコート、赤いヘアバンドと短パン、裸足《はだし》にスニーカーという見慣れた格好。初めて見る、大人になりつつある子供の笑顔。

「はじめまして。あなたがソフィアね。またの名をディーン・フェイ」

わたしは自転車の後ろにナタリーを乗せて、町を走りながらいままでのことを話した。

ナタリーとの出会い、地図ができていく過程、空想の数々。好きな色も好きな食べ物も、聞かれる前に教えた。

「あなたの書いた詩を読んだよ」

ナタリーは自転車から振り落とされないよう、わたしの腰に抱きついて肩に顔を埋《うず》めた。

「今の内にサインもらっちゃおうかな」

わたしたちはクスクス笑い合った。

また屋根に上って、地図と町を見比べながら、わたしは空想を披露《ひろう》した。町にかかった霧は、子供を閉じ込めておきたがる悪い大人たちが当番制で口から吐き出していると言ったら、ナタリーは拳を握って、大人たちを倒しに行こうとポーズを決めた。そうしていると、橋も霧もまるで気にならなくなった。

パパのお昼はもう済んでいたから、わたしは喜んでミスター・ブラックとナタリー特製のミートボールを食べた。今週のナタリーは、料理の腕がピカイチだ。

わたしたちは協力して、チョコチップクッキーを山ほど作った。ミスター・ブラックへの、時計を直してもらったお礼。今度はクローバー形もキレイに作れた。ミスター・ブラックは大笑いをして、お皿に山盛りになったクッキーを全部一人で平らげてしまった。

毎日が楽しかった。

わたしはディーン・フェイとソフィア・ウォーカーを切り離すことに成功していた。ナタリーと話すときはパパのことをすっかり忘れてしまえたし、パパのいる空間では、召使のように、ご機嫌取りのポーズを取った。どちらも本当のわたしだし、いつでも本当のわたしに立ち返ることができた。変わらず、わたしはパパの世界から消されたままだけれど。

店の手伝いから解放されたのをいいことに、夜は小説の執筆に熱中した。ナタリーといると、アイデアが泉のように湧いてくる。もっとナタリーに読んで欲しい、感想を聞かせて欲しい。ディーン・フェイでいる時間が、少しずつ長くなっていた。

木曜日、わたしは何年かぶりに寝坊をした。夜遅くまで小説を書いていたからだ。洗濯や買い物は水曜の内に済ませていたし、パパのことを前ほど意識しなくなったせいで、気がゆるんでしまったっていうのもある。

わたしを起こしたのはエディだった。時刻は十一時過ぎで、たっぷり寝たのにまだ眠かった。けれどその眠気は、わたしを揺するエディの一言で消え失せた。

「起きろ、ソフィ。ブラックさんが亡くなった」

飛び上がって窓辺に走った。道路には車が何台も停まっていて、人だかりができていた。役場の人もいる。ミスター・ブラックの家は裏口が開け放たれているし、庭は他人に踏み荒らされていて、胸が締め付けられた。何もかもが異常事態だった。

「ナタリーはどこなの」

「たぶん役場。おれも町長に呼ばれてるんだ。一緒に行こう」

急いで黒い服に着替えて、エディと家を出た。

ミスター・ブラックの庭にはパパもいた。わたしは挨拶《あいさつ》をしなかった。

一秒でも早くナタリーに会いたかった。

「エディ、これからどうなるの？」

「普通なら親戚が集まってビューイングとか葬式とかやるもんだけど、故人の意向優先だ。遺書とかがあれば、その通りにするんじゃないか」

エディはぼそっと、こういうのはノアの方が詳しいんだけど、と吐き捨てた。見上げた頬には、うっすらとアザが残っている。わたしは二人の喧嘩《けんか》についてもっと知りたかったけど、いまは聞けなかった。

町役場では、町長が今まさに電話を終えたところだった。

「おはよう、二人とも。ちょうどいいところに来てくれた」

　エディは早口で尋ねた。

「ブラックさんはどうなりました？　それとお向かいの子はどこにいるんですか」

　町長が腕時計を確認した。

「埋葬許可証の発行待ちだよ。ご遺体はブレットさんたちのところだ。おそらく明日には埋葬だろう」

「それはいくらなんでも早すぎですよ」

「ブラックさんの遺言なんだ。できる限り安く、できる限り早くとね。さすがに親戚の誰にも連絡をしないわけにもいかないから、弁護士に連絡先を聞いて順次電話しているところなんだ。私はこれから保険屋や不動産屋とも話をしないといけない。エドワード、電話を頼めるかい。それとソフィア、ナタリーは墓地だ。ブラックさんが生前に買っておいた区画と墓石の話をしたら、しばらくそこにいたいと言ってね。一緒にいてあげなさい」

　町長は書類を抱えて役場から出て行ってしまった。

　エディは町長に押しつけられた電話番号の表を机に置いて振り返った。

「ソフィ、一人で大丈夫か？」

　わたしは小さくうなずいて、墓地まで走った。

　まだミスター・ブラックが亡くなってしまっただなんて信じられなかった。昨日もキッチンで紅茶を淹《い》れたり、リラックスチェアに腰かけてクッキーを食べたりしていたのに。金歯を見せて笑う顔も、その後ろで鳴るたくさんの時計の音も、新鮮な思い出なのに。

教会横の墓地は、橋の周りの次くらいに静かだった。

ナタリーは棒付きキャンディを舐《な》めながら、小さなお墓の前に座っていた。まだその下には何もない、形だけのお墓。でもミスター・ブラックを入れた棺があろうとなかろうと、そこに違いなんてない。バラと時計の世話をしていた老人の魂は、もうどこにもないのだから。

わたしが黙って横に座ると、ナタリーはキャンディを口から出して、寄りかかってきた。

「ごめんね、声をかけなくて。おじいさんの遺言だったから」

わたしもナタリーに寄りかかる。

「一人で大変だったでしょ」

「葬儀屋さんご夫婦のお孫さんが親切にしてくれたの。色々まかせちゃった」

「ノアが？」

ナタリーは短パンのポケットから、いま舐めているのと同じキャンディを出して、わたしにくれた。

「これも彼がくれたんだよ。〝ソフィ〟と二人で食べなって。彼、すごく親切だね」

フィルムをむいて口に突っこんだ。コーラ味が、昔のノアの少しニヒルで大人びた笑顔を思い出させる。かっこつけで優しい人だった。根拠はないけれど、ノアは自分と同じく親を亡くしている
ナタリーを励ますために、生い立ちを話したんじゃないかと、なんとなくそう思った。

「そうだね。今朝あったこと、ナタリーが嫌じゃなかったら教えて」

ナタリーはキャンディをくわえて、少しずつ話してくれた。

「今朝はいつもより早くに目が覚めたの。リビングに行ったら、おじいさんは昨日おやすみを言っ

たときと同じ姿勢でイスに座ってた。マグカップもそのままだったから、嫌な予感がして、脈を測ったの。……町内新聞に電話番号が載ってたから、病院とお役所に電話して、あとおじいさんが、自分に何かあったらここに連絡しろって弁護士さんの名刺をリビングに貼り付けてたから、そこにも。老衰だって。死に方の中だったら一番幸せなやつらしいよ。眠ったまま息を引き取ったみたい」

「そっか。ミスターは苦しまなかったんだね」

「うん。弁護士さんがすぐに来て、おじいさんから預かっていた遺言状を読んでくれた。もうお墓の土地も棺桶も買っていたみたい。町の人に参列なんかされたくないから、葬式無し、埋葬前のスピーチも無し。親戚にも来て欲しくないから、誰であろうと立ち合いもおことわりで、できる限り早く土に埋めてくれって。私はすることも、できることも全然なかった。だからせめて、独りでおじいさんのことを考えていたかったのに、庭にも家の中にも町の人たちが入ってきて……それでここに来ちゃった。ここは静かだし、明日の埋葬の話も聞けたから、来てよかったと思う。そういえば、亡くなってから埋葬までの最短記録になるって、葬儀屋さんは呆れてた」

「ミスターらしいね」

わたしはクローバー形にのぞくナタリーの手の甲を撫《な》でて、そのまま上から握った。雨に濡《ぬ》れたときとは違う、疲れ切った冷たさだった。たった一人、本当の家族だったミスター・ブラックを失って、いまどれほど辛《つら》いか。

「ごめんねナタリー。もっと早くに起きて、力にはなれなくても、側にいてあげられたはずなのに。一人で大変だったね。がんばったね」

ナタリーがわたしの腕にしがみつく。それから傾けた頭をわたしの肩に乗せて、目を伏せたまま、声を掠《かす》れさせて言った。

「少し、こうしていてもいい？」

わたしもナタリーの方へ頭を傾ける。ナタリーのために何かをしたかった。

「少しなんて言わないで。何分でも何時間でも、わたしはナタリーの隣にいるよ」

わたしは、わたしにできる精一杯をナタリーに贈ることにした。

ナタリーとわたしのために書いた、題名もない詩を暗唱する。ナタリーに、わたしがいると知ってもらうために。ミスター・ブラックに、ナタリーは独りぼっちじゃないと安心してもらうために。

今日起こったことも、これまでにナタリーが経験してきたものも、すべてが事実。流れていく時と一緒に過ぎ去ってしまうもので、ナタリーはあるがままに受け入れている。それでももう会えないのは寂しくて、無力さばかりが目について、どうしようもなく歯がゆくて。だからせめて、感情を分かち合いたかった。

ナタリーはだんだんと顔を上げて、最後に、生きねばならぬとつぶやいた。泣いてはいなかった。お墓を見つめる瞳は、語りかけるように、静かにほほ笑んでいた。

わたしはミスターにお祈りをして、ナタリーにお願いをした。

「この詩に、題名をつけてほしいの。ナタリー・クローバーのような、ディーン・フェイのような、一生誇れる、本当の名前を」

ナタリーは目をつむって、世界の息遣いに耳を澄ますと、偉大な魔法使いの呪文みたいに、詩の名前を唱えた。

「〝霧を穿《うが》ちて〟」

古風で、仰々しくて、切実で、あの詩によく似あっている。ナタリーはいつだって、何が一番素敵かを心得ている。

「ありがとう」

それはわたしの声だったのか、ナタリーの声だったのかわからない。もしかしたらミスター・ブラックの声だったかもしれない。人が人に伝えられる、一番の真心を、わたしは聴いた。

それから二人して黙ったまま、お墓の周りに生えた草が、風に揺れるのを眺めていた。

文字が彫られただけの平たい石が、どうして死んだ人の代わりになるのか、わたしにはわからない。ただそんなものが人生を要約して、代弁してしまうことのあっけなさが恐ろしい。

十八歳で死ぬとか、葬式代は自分でとか、わたしはなんて無知で愚かだったんだろう。物事はそんなに単純じゃなくて、人は一人じゃ何もできやしないのに。死から埋葬までを世界一ミニマムに成し遂げたミスター・ブラックでも、親戚への連絡とか残された家や遺産のあれこれとかは、生きている人間にどうにかしてもらっている。わたしなんかじゃもっと、一人で全部片付けるなんてできない。

もう一つ、わたしは事実を受け入れないといけない。ミスター・ブラックとの別れが、何を意味するのか。わたしの思いの流れを察したように、ナタリーが寂し気に笑った。

「残ったお金は、隣町の図書館に寄付するみたい。あの家もすぐ売られちゃうと思う」

一呼吸置く。触れ合う手に込めた力が強くなる。

「私はこの町を出なきゃいけないみたいね」

わたしはキャンディをかみ潰《つぶ》した。

お別れの時間が、いまにもわたしたちの肩に指をかけようとしている。鮮やかな影が、わたしたちの間で揺らめいているのが見える。どうか、もう少しだけ。

ミスター・ブラックの家まで、わたしたちは手をつないで歩いた。

家主のいなくなった家の周りには、関係のない人たちが押し寄せ、関係のない話をしていた。語るべき思い出を持っている人なんていないのは明らかだった。自分や家族の誰かが死んだら葬式をどうしようかとか、ミスター・ブラックの遺産はどうなるのかとか、特にろくでもないのは、不良の空き巣問題について熱心に語り合っている人たちだった。みんな自分の日常で手一杯なくせに、雰囲気に呑まれて野次馬《やじうま》をしに来ているだけだった。家の鍵を新しいものに取り換えたと鼻高々に語る大人の姿には、夏なのに寒気がした。

ミスターが毎日欠かさず手入れをしていた庭と、自分自身すら立ち入ることを許さなかった白い玄関を、何も知らない大人たちが平然と踏みつけている。声を上げようとしたけれど、ナタリーがやんわりと引き留め、窓を見遣《みや》った。カーテンが全開にされて、いくつもあった時計が、全部止まっていた。この家は孤高ではなくなっていた。ミスター・ブラックと共にあり、その役目を果たしたのだ。

わたしたちは手をつないで、かつてナタリーとミスター・ブラックの心の宿だった建物を、黙って眺めた。

庭では町長夫人とパパがなにやら話し込んでいた。パパは夫人とか『バビロン』のマダム・グレタとか、わたしの母親とか、気が強くて人を振り回すタイプの女性が大嫌いで、お手上げだと頭をかいていた。しかも夫人は相手が嫌がっているのにまるで気づかずグイグイくるから、ノーを突きつけてもまるで効かなくて、結局こちらが折れるしかない。

町長夫人はわたしたちに気づくと、わざと周りの大人みんなに聞こえるよう、大声を出した。

「ちょうどいいところに戻ってきたじゃない、二人とも！」

夫人はナタリーを抱きしめて、かわいそうにと何度も頭を撫でた。

「あなたの施設から折り返しの電話を待っていたのだけれど、さっきかかってきてね。いま車を修理に出していて、明日の夕方にならないと迎えに来られないそうなのよ。でもあなたのでないこの家に寝泊まりさせるわけにもいかないでしょう？　それにしてもブラックさんって人でなしよねぇ！　親戚のあなたに何も遺《のこ》してくれなかったんだから」

わたしたちは話が長引くのが嫌で反論はしなかったけれど、その言葉がいかに的外れで夫人の方がどれほど人でなしか、苦い顔でうなずきあった。わたしと、今週のナタリーと、いままでのナタリーたちにミスター・ブラックがくれたものの価値を、こんな人に打ち明けたくない。

ナタリーを解放すると、夫人はパパの肩を抱いた。

「そうそう、だからスタンリーに話をつけて、あなたが今晩お向かいに泊まれるようにしてあげたわ。お友達のソフィアと一緒なら、あなたも安心でしょう」

パパは夫人を殴りたそうにしていたけど、こらえて、夫人の手をさりげなくどかした。他人なら何をしても殴られないのは、まるでいい気がしない新発見だ。

それからパパは、何日かぶりにわたしを見た。

「ソフィア、お前の布団に寝かせてやれ」

周りの目を気にしての言葉だってのはわかっていた。わかっていても、パパがわたしをほんのちょっぴりでも許してくれたみたいで、ホッとした。息がしやすくなって、それでもあまり嬉しくはなれなかった。

「うん、そうする」

わたしは初めてナタリーを家に招いた。

今朝は寝坊した上にすぐ家を飛び出したから掃除できていなかったし、部屋とは言えない階段下を案内するのは恥ずかしかった。

「ごめんねナタリー。わたし、部屋ないの」

「お人形の家みたいで可愛いじゃない」

「そんないいものじゃないよ」

窓越しに、パパがまだ夫人から逃げられていないのを確かめた。引き出しにしまっていたチョコを出して、ナタリーに隠し財産の話をした。隠さなければいけない理由も。

「じゃあ今から宝探しね。私がトレジャーハンター」

ナタリーは勘が良くて、どこにお金があるのかを一発で当ててしまった。

「頭にダウジングマシンでも入ってるの？」

「ソフィアの気持ちになって考えたら、すぐわかったよ」

わたしはナタリーを物置に連れて行って、エディのお金の隠し場所をどっちが先に見つけられるか勝負した。

エディはわたしより頭がいいから、簡単には見つからない。

わたしたちは背を向け合って、それぞれ本棚をあさった。

「ソフィア、見つけるのはお金だよね？　手紙はノーカン？」

チラリと肩越しに見ると、ナタリーは辞書に挟まっていた三通の手紙を、開けずにヒラヒラさせた。花柄の、かわいらしい封筒。

「たぶんパパのだよ。ギタリストだった頃のファンレターとか、捨てずに取っているみたいだから」

「そうかい。ここにある楽譜もお父さんのなの？」

「うん。町を出てバンドやって、バーで歌手をしていたわたしの母親と出会ったんだって」

「ロマンチックな話だね」

「ここで話が終わればね」

エディの秘密は、いくら本や楽譜を引っ張り出したって見つからなかった。わたしは投げやりな気分になって、棚によりかかった。ナタリーは辞書と手紙を傍らに置いて、わたしに笑いかけた。

「ディーン・フェイなら、どんな結末を書くの？」

「ギタリストと歌手、二人は愛し合っていたけれど、一緒にはならない。自分の夢のために。夢を叶えるとき、人は誰しも、孤独と闘いながら一人きりで歩かないといけない。でも叶った夢の先で、再会できるかもしれない。だから辛くても、どんなに愛し合っていたとしても、夢を叶えきるまでは、なぐさめてくれる人を側に置いてはいけないの」

パパとあの母親は、一緒になって町に戻るべきじゃなかったんだ。だから誰も幸せになれなかった。

一階から、ドアが開く音がした。パパが帰ってきたのだった。大声で呼ばれたから、わたしたちは散らかした物を元の場所に押し込めきれず、扉だけ閉めて階段を駆け下りた。結局エディのお金は見つからなかった。

ナタリーは夕飯の準備を手伝いたがったけど、パパがお客さんにそんなことはさせられないと、やんわり断った。キッチンに入られたくないのが、たぶん本音。

夫人に負けてナタリーを泊めることを嫌々了承したせいで、パパは機嫌が悪かった。世間体を気にするから、ナタリーの前で怒りを発散させなかったけど、わたしはいつこの静けさが打ち砕かれるか気が気じゃなかった。パパがナタリーの前では理解のある大人ぶった話し方をするのも、苛立《いらだ》ちをごまかすためにビールを飲む姿にも、気分が悪くなった。

お皿を洗う間、一瞬だけ、最低なことを考えてしまった。

ミスター・ブラックに起こったことが、パパにも起これぱいいのにって。

わたしはパパ以外に価値のあるものを見つけてしまっていた。パパという世界が実はちっぽけな箱で、うずくまるのをやめて膝を伸ばしたら乗り越えられるかもしれないことを知った。乗り越える勇気が、わたしにあるかどうかは別にして。

きっかけがあれば変われるかもしれない。

きっかけを待つこと自体が間違っているのかもしれない。

うっすらと、町を出る方法を考えるようになっていた。橋の向こうへ行くことを、霧を抜けることを。

ぼんやりしていたせいで、わたしはパパがいつ二階へ行ってしまったのかわからなかった。物置はメチャクチャになっている。扉は閉めたはずだから、どうか素通りして部屋へ行ってくれていないかな。もし物置の扉を開けてしまっていたら……。

すぐに手を拭いて、階段まで走った。

一階からでも、物置の扉が開いているのが確認できた。

ナタリーと一緒に行けば、その場はしのげる。

ダメ、巻き込んじゃダメ。わたしはリビングの隅でテディベアを抱きしめているナタリーには声をかけず、うつむいて階段を上がった。

時計の音が聞こえないくらい、心臓がうるさい。一段ずつ階段を踏みしめる度に、命が削られていくような心地がした。わたしの予感は必ず、一番悪いものが的中する。

物置の入り口に立ち、顔を上げた。

パパは物置の本棚に寄りかかって、手紙を読んでいた。ナタリーが見つけた、パパへのファンレター。

わたしは少しだけ安心した。普段のパパなら、散らかっている部屋を見た途端に、わたしを傷つける方法を考えて、すぐに実行するはずだ。でも、ファンレターを読み返すのは久しぶりなのか、手紙の束を握りしめて、真剣な顔をしていた。

半開きだった口が一度閉じられて、歯が折れてしまうんじゃないかというくらい、強くかみしめられる。

パパはわたしに気づいて、その束を投げつけた。

なんで、なんで怒ってるの。

「お前たち三人で、こんなくだらないこと考えてたのか」

憎しみだけがこもった声。わたしは足元に落ちた封筒を見た。全部同じ人から。

ファンレターなんかじゃない。

差出人の名前は、ジェーン・マクグラス。

わたしとエディの母親。

どうしてこんなものが。なんでいまさら出てくるの。

わたしはパパがばらまいた手紙を何枚か見比べた。どれも『愛しの我が子へ』なんて白々しい言葉で始まっている。日付はバラバラで、二ヶ月から三ヶ月に一度の頻度で来ていたらしかった。見覚えなんてない。あの母親は、とっくにわたしたちのことなんて忘れていると思っていたくらいなのだから。

手紙には親権という単語が何度も登場していた。再婚という言葉もあった。

パパが叫びながら本棚を蹴《け》り倒す。部屋がミシミシと悲鳴を上げた。

クソッ、畜生、アバズレ、恩知らず。他にもたくさんの怖い言葉が、ナイフのように振り下ろされる。

「わたし、こんなの知らない」

勝手に動いてしまった口を慌てて塞《ふさ》いでも、もう遅かった。

「うんざりだ。お前の嘘には」

何をしても、もう無駄だった。

「言ってわからないヤツには痛みで覚えさせるしかない。家畜と同じだ。だが苦痛を科されても同じことを繰り返す家畜以下のヤツは」

パパが分厚い辞書を振りかざし、倒れた本棚をまたいだ。

体が凍ってしまって動かない。叫ぶ力も湧いてはこない。

あの辞書がわたしの顔に振り下ろされても、パパの熱い手は触れてこないから、わたしの体は溶けてくれない。そうしてわたしが本当に動けなくなるまで、パパに――。

その時、パパの顔に、テディベアが飛んでいった。辞書が床に落ちる。

廊下にナタリーが立っていた。肩で息をして、目は血走っていた。

一瞬の隙にわたしの手を取って、ナタリーは階段を駆け下りた。アザができるんじゃないかというくらい、力強く手を握り合った。

玄関には鍵がかかっていて、パパはすぐ後ろにまで迫ってきていた。鍵を開けている時間なんてない。

わたしたちはお店の方へ走った。二枚の扉を押し開けて、お店のキッチンを抜け、入り口に駆け寄る。

「なんで」

ドアには錠付きの鎖が巻かれていた。一週間近くお店には来ていなかったから、戸締まりが厳重になっていたなんて知らなかった。ドアは揺すってもびくともしない。不良たちの空き巣騒動のせいなのだろうか。この町はどこまでも、わたしを幸せにさせまいと足を引っ張ってくる。

開かない、出られない。

パパはキッチンを通り抜けながら、一番よく切れる肉切り包丁を手に取った。

銀色の刃に、怒り狂ったパパの顔が映る。わたしたちに逃げ場がないと気づいて、呼吸を落ち着かせ、ゆったり近づいてくる。

とうとう、五年前から先送りにし続けていたことが、ナイフが振り下ろされるときが来てしまった。けれどその先端は、わたしの方を向いてはいなかった。少しだけ逸《そ》れて、わたしのすぐ隣を向いていた。それを、許せるわけがなかった。

時間を稼がないと。ナタリーだけでも逃げられる時間を。

わたしが死んでも、ナタリーだけは生きて、町を出られる時間を。

死の影はもう、三メートル先までにじり寄ってきている。このありとあらゆる嫌な感情と恐怖の塊こそ、わたしを苦しめ続けている夜の正体。ソフィア・ウォーカーの予定表に、十八歳で死ぬなんていう絶望を書き加えさせた張本人。

殺されるなら、ディーン・フェイとして死にたい。もうこれ以上、誰かに何かを望むのはやめよう。ただ自分にだけ素直になろう。

わたしはいつだって、パパにとって一番の自慢でありたいと願っていた。だって、パパは世界のすべてだったから。愛されたくて、失望されたくなくて、都合のいいおりこうさんでいようと努力した。それが上手くいかないときは、恥ずかしさや情けなさで頭がうんと重くなって、誰に命令されなくてもうつむいて歩いてしまった。わたしは何歳になってもパパの娘で、自分が粉々に砕け散ってしまうのを覚悟で暴走しない限り、この町のルールから、モットーから、親が強制するレールから外れることはできない。

なら打ちこわしてみせよう。パパも、ソフィア・ウォーカーも。

最後くらい、本音をさらけ出そう。

「一つ言い残させて」

ナタリーをかばうように、一歩前へ出る。夜の真向かいに立つ。決着をつけるために。

「パパに愛されたかった。わたしとエディを捨てた母親が憎くて、わたしを愛してくれるのはパパだけだって思い込もうとした。でもパパがくれたのは痛みと絶望だけ」

心が叫ぶままに、言葉を放つ。わたしはディーン・フェイ、言葉こそが武器。

「わたしが家畜以下？　パパこそ人間未満よ」

向き合え。わたしを閉じ込める箱と。

さあ壊せ、夜を自分の手で終わらせろ。

「わたしはあなたを捨てて自由になる」

すべての力を込めて、床をけった。勢いのまま、夜にとびかかる。

刺し違えたって、ナタリーを傷つけさせやしない。わたしたちで始めた夜だ。わたしたちだけで終わらせよう。

自分の声しか聞きたくなくて、喉が裂けて血が出てしまいそうなくらい叫んだ。血が沸騰して、体が燃えて、ありとあらゆるものを焼き尽くしてしまえそうだった。

そして夜は、あっさりと床に押し倒された。わたしは勢いあまって床を転がり、テーブルの脚に背中を打った。

わたしはもう刺されてる？　ナタリーは逃げられた？

今度は変な想像や期待を展開しないで、すぐに起き上がった。ところどころが痛むけれど、体はちゃんと頭の命令を聞くし、驚くほどいつも通りだった。視界の端に、肉切り包丁が転がっている。ナタリーの足も見える。

押し倒した巨体を見下ろした。まな板の上の魚みたいに、白目を剝《む》いてひっくり返っている。頭からは少しだけど血が流れていて、周りには見覚えのある白い破片が散らばっていた。

巨体の顔に影が落ちた。顔を上げなくても、誰がいるかわかった。

バラバラになってネックの半分くらいしか残っていないギターを放り投げて、息を切らしたエディがわたしを抱きしめた。細くて不健康な指が、わたしの髪をすり抜けていく。

生まれたときからずっと壁にかかっていたものが、もうそこにはなかった。そもそも初めから、何もなかったかのように。

わたしと壁の間に、ナタリーが立った。初めて屋根に上ったときを思い出す。エディの肩越しに右手を伸ばしたら、ナタリーは両手でわたしの手を包み込んでくれた。

涙が止まらなかった。左手で何度もエディの胸を叩いた。

エディは色んな言葉を呑み込んで、そっとわたしの背中をさすった。

「大丈夫だソフィ。もう大丈夫なんだ」


わたしが目をこすってはしゃくりを上げる横で、エディは色んな人に電話をした。警察、病院、町長、そしてわたしたちの母親とその弁護士。

色んな肩書きの大人たちが代わる代わる現れて、状況説明を求めたけど、それも全部エディがやってくれた。ところどころ脚色して、わたしたちが完全な被害者だという方向に話を持っていった。

エディは、カメラやレコーダーを用意するつもりだったと教えてくれた。高いし、買えたとしても場所を取るから、どこにならこっそり置けるか考えていたのだという。前にリビングで怪しい動きをしていたのも、そういうことだったらしい。動かぬ証拠を手に入れて、いざというとき有利に動けるように、確実に父親から逃げきるために。

でもそんなものなくても、誰もわたしたちの話を疑わなかったし、あの父親の味方をしなかった。それは喜べるようなことではなくて、どちらかというと、ここがどういう町なのか、つくづくと思い知らされただけだった。

わたしは質問に二つ三つだけ、たどたどしく答えた。コーヒーが熱かったとも付け加えた。話し終えると、ミスター・ブラックの弁護士さんが訪ねてきてくれた。これは正当防衛だから、わたしたちに非はないと教えてくれて、ついでに名刺もくれた。

大人たちと同じ目線で話ができているエディを眺めていると、どこまでが現実で、どこからがわたしに都合のいい夢なのかと、霧のかかった頭でぼんやり考えてしまった。早く横になって、それから目を覚ましたかった。でも寝て起きて、それからどうすればいいのだろう。

気が遠くなってきたころ、ようやく大人たちから解放された。

父親は町はずれの病院に運ばれたのだと、町長が教えてくれた。まだ意識は回復しないらしい。どんな感想を持つのが正しいのかはわからない。少なくとも、あと三日はそのままでいてほしかった。

現場検証というのをしないといけないらしく、家には帰れなかった。帰りたくなんてなかったから、むしろ助かった。

さすがに容疑者である父親と同じ病院に寝泊まりするわけにもいかず、わたしたち三人は、町役場の仮眠室に連れて行かれた。夜中だというのに、声をかけにくる人たちがいた。

ジュディ・ハーモンは自分がひどい目に遭《あ》ったってくらいに顔を真っ青にして、リンゴの入った籠《かご》をくれた。フィル・スチュワートは、冷やかしで来た大人たちに紛《まぎ》れて、やっぱり小声でうめきながら、枕とシーツを運んできてくれたので、少し見直した。町長夫人はおせっかいで、わたしのカウンセリングをしようとしては、二言目には「かわいそうに」と相変わらず。エディと町長が、それとなく追い返してくれた。

迷惑客がみんないなくなると、ナタリーは町長が持ってきてくれたカバンを肩にかけ、日記を書いてくると言って出て行ってしまった。気を利かせてくれたのだ。わたしは遠ざかっていく足音に、心の中でお礼を言い、エディと並んで、ベッドに腰かけた。

親権の話で、エディはずっと母親と手紙のやり取りをしていたらしい。わたしが父親からどんな目に遭っていたのか、エディは詳細に書いて送り続けた。それ以外にも別の町にある福祉団体に電話で相談したり、子供を守る法律を勉強してここから逃げる方法を探したり。自分とわたしの学費を稼ぎながら、町の外でも二人で生きていくために、できることをしてくれていた。

信じられないことだけれど、母親はわたしたちを迎え入れるのに積極的らしかった。

でもそんなの、いまさら虫がよすぎる。これからどれだけ手厚く保護してもらっても、五年前に刻まれた傷が、都合よく消えてくれるわけじゃないのは、向こうだってエディだって、わかっているはずなのに。

「母親のところに行って、それでどうするの。もっとひどい目にあわされたら？　やっぱり無理だって、バイバイって言われちゃったら？」

　母親がわたしとエディを笑顔で迎えてくれる、そんな素晴らしい空想をしようとしても、できなかった。この五年間、思い出すことで憎しみを強くして、責任をなすりつけることでわたし自身を守ってきた相手を、嘘でだっていい人にすり替えられなかった。

　絵本の中で、さんざん悪いことをした魔法使いが、改心して心優しい人になったなんて言われても、わたしは納得できない。まして現実はおとぎ話じゃない。

「……エディはあの人を許せるの？」

　一度はわたしたちを捨てたんだよ。それは言葉にしなくても、エディはよくわかっているはずだ。期待をすれば、その通りにことが運ばなかったときに傷ついてしまう。

「ソフィ」

　エディがわたしの頭を撫でる。恨み続けるのだって疲れてしまう。こんな風に悩むのをやめれば、もっと心が楽になるとわかっているのに、母親との関係をやり直そうと思えない。母親にとってはたったの五年離れていただけでも、わたしにとっては人生の半分近い期間で、その空洞が隅から隅まで、憎しみの色をしているのだから。

　心の狭い自分が大嫌いで、なんてダメな子なんだろうとうつむいてしまう。許すというたった一言を自分の中のどこにも見つけられない。

「許さなくていいんだ」

　エディの、びっくりするくらい優しい声に、思わずのけぞってしまった。エディは膝の上に拳を置いて、開いたり握ったりした。考え抜かれた言葉が、口の端から零《こぼ》れ落ちていく。

「親なんて、生まれたときにたまたま一番近くにいたってだけで、人生の中で出会うたくさんの他人の中の一人でしかない。無理していい関係を築こうなんて、頑張る必要はないんだ。ソフィを傷つけるなら、なおさらな」

わたしはあの、「しょうらいの夢」の作文を思い出していた。わたしは確かにしくじった。作文を書いて父親の機嫌を損ねたことじゃない。与えられる痛みを愛だと間違えて、愛し返すのが義務だと、自分に命じていたこと。

「おれたちはまだ子供だから、大木の陰でじゃなきゃ生きられない。同じ大木でも、ソフィを痛めつけるヤツよりかは、頼りなくても、受け入れる気があるヤツの方がましだって思うんだ。無理して許そうとして、苦しんだり、自分を嫌いになんてならなくていい。傷つけられた分、利用してやればいい。そんなんでいいんだよ」

妥協とか覚悟とか、五年かけて育ててきた色んな感情が混ざった声。

「おれは、あの父親に立ち向かう勇気がなかったんだ。だからソフィが酷《ひど》いことをされてるのも見て見ぬ振りしてた。そんな気はなくても、町のモットーに従ってたんだな。最低だよ。だから、おれのことだって許さなくていいんだ」

苦笑いをするエディに、まだかっこつけていると思ってしまった。親から無視され続けたエディの辛さはわたしにだってわかる。だからといって、同情や励ましだけで終わらせてしまっては、少し先のわたしたちに、負債をのこすだけになってしまう。いま言わなければ、わたしたちの関係は一生、霧の中みたいにあいまいで遠いままだから。

「……そうだね、家事くらいは手伝って欲しかったかも。たまにじゃなくてさ」

わたしが肩をすくめると、エディは面食らって口を半開きにした。わたしよりずっと背が高いのに、ロウソクの火みたいに揺れる姿が、悲しいくらい頼りない。お行儀よく膝の上に置かれた手が、血が出そうなくらい固く握られる。ソフィ、と掠れた声で呟《つぶや》いて、エディは真っすぐ、わたしに顔を向けてくれた。

「小さい頃……母さんが殴られてるのを見る度に、部屋の隅にうずくまって神様にお祈りしてたんだ。どうかあんな風にはなりませんようにって。おれも大人になったら、ああやって母さんやソフィを傷つけるんじゃないかって怖かった。それなのにおれは、あんなに憎んでる父親と、ずっと同じことをしてたんだな。あの父親の視界に入らないようにするために、何もしなくなった。ソフィに甘えてたんだ。いつか必ず助けるから、許してくれって、何もかも押し付けてた。ごめん、本当に、ずっとごめん」

泣き崩れそうになりながらも、エディはわたしから目をそらさなかった。そういうところが、やっぱりかっこつけだと思う。お兄ちゃんらしいと、そう思う。

「わたしたち、もっと早くにちゃんと話せていたらよかったね」

一人で町を出て行こうとしているんだって、わたしを置いていくんだって思ってた。

「ずっとわたしを助けるために一人でがんばっててくれたんでしょ。しかも、本当に助けてくれた。エディがいなきゃ、わたしもナタリーも死んでたよ。だから、ありがとう」

わたしたちは抱きしめ合った。五年前までと同じ、普通の兄妹らしく。

「もしソフィが本当に嫌なら、一緒に別の方法を考えよう」

「ありがとうエディ。少しだけ考えさせて」

仮眠室のドアが、控えめにノックされた。

エディがわたしの頭を撫で、笑ってささやいた。

「これ以降は面会謝絶にしよう」

わたしは親指と人差し指で丸を作り、大きくうなずいた。

最後の見舞客はノアだった。仮眠室に入るなり、エディと背中を叩きあう。

「オマエらが無事でよかったよ」

革ジャンとダメージジーンズ姿じゃないノアを、何年かぶりに見た。ワックスで固められていない黒髪はサラサラとしていて、右目に少しだけかかっている。こっちの方がずっと素敵。

「こんばんは、ノア。エディのおかげだよ」

かっこつけて前髪をいじりながら、ノアは肘でエディを小突いた。

「こいつ、昔っからソフィが絡むとマジになるんだよな。まさか酒の話を聞いてオレのとこまで飛んできて、出会い頭に殴ってくるとは思わなかったけどよ」

エディがノアを小突き返す。

「なんだよ、殴らせたくせに」

「ちぇっ、気づいてたのかよ」

「当たり前だ。おれが喧嘩でノアに勝てるか」

二人そろって笑っていた。あの頃より大人になって、あの頃と同じ笑顔で。

ノアはわたしの前でしゃがみ、泣いた子供をあやすように、上目遣いで笑いかけてくれた。

「酒なんかかけて悪かった。ごめんな、ソフィ」

「いいよ、もう怒ってない。でも一つだけ言わせて。ノアってやっぱり根っからの優等生なんだよ。革ジャンも似合ってないし。不良なんてもうやめて」

一瞬だけ目を丸くしてから、ノアはばつが悪そうに頭を掻《か》いた。そっか、そうだよなと呟くのを、エディが後ろでニヤニヤ笑う。

わたしもエディもノアも、みんな子供だった。あるとき急に、自分がいかにちっぽけで世界を変えられないか悟らされた、弱い子供。ノアは父親に抵抗しないわたしやエディが歯がゆかったのだと思う。不良になるのが正解なはずはないけれど、わたしたちはみんな、たくさんあった選択肢を、間違え続けてここにいる。またこうして対等に話ができているのは、もしかしなくても、ナタリーが町に来てくれたおかげ。

わたしの心を読んだみたいに、そういえばと、ノアが口を開いた。

「さっき、入り口のとこでナタリーと話したんだ。明日の午後には町を出るんだってな。家族を亡くして辛い思いをしてるのに、大人は自分の都合ばっかで嫌になるよ」

「いまさら何言ってんだよノア。チェリータウン初心者か？」

エディがおどけてみせたので、ノアも冗談で怒ってみせた。昔に戻ったみたいに平和だった。

わたしは親友の妹として、ノアにお願いをした。

「ねえノア、ナタリーを呼んできてもらってもいい？　帰らないで一緒に戻ってきてね」

「わかった。ちょっと待ってろ」

ノアが小走りで廊下に行ってしまうと、エディが大きく伸びをして、その手をわたしの頭にのせた。わたしはまだ感情に決着をつけられていなかった。ただ一つ、ハッキリしていることがある。

次にナタリーと目が合うとき、わたしは答えをみつけられる。

目を閉じて、そのときを待つ。ナタリーの軽やかな足音が近づいてくる。どんどん大きくなる。わたしに会いに来てくれている。

足音が止まった。コンコンコンッと、ノックは三回。すべての音が愛おしい。

立ち上がって目を開けた。

「話はできた？」

考えるより先にうなずいていた。ナタリーの目を見ていると、頭にまとわりついて離れなかった悩みがほぐれて、素直になれる。重たい扉が開いて新しい風が吹き込んでくるみたいに、霧が全部吹き飛んで行く。わたしが何をしたいのか、願いごとが鮮明になる。

「ナタリー」

歩み寄って手を取った。胸の前で、大事に大事に握りしめる。やっとわかった。この言葉を、ナタリーに言えるようになるときを、ずっと待っていた。

「わたしは明日、橋を渡るよ」

ナタリーは少しも驚かなかった。穏やかな声で、確認するように尋ねた。

「それはソフィアの意志？」

わたしは顔をゆっくり横に振る。

「ううん。ディーン・フェイの意志。そうするのが一番だって、ディーン・フェイが自分で選んだの。自分の足で、霧を穿つの」

もう、この町に囚《とら》われる理由はない。あれだけ思いつめたのが他人事のように、この道を進むのだと断言できる。わたしとエディは、いい方へ行けるんだ。

　否定でも肯定でもなく、ナタリーは少しだけ寂しそうに顔をほころばせて、ディーン・フェイに祝福をくれた。

「そっか、そうだよね。ディーン・フェイなら、そうするよね」

　わたしたちはいつもの別れ際みたいに、お互いの手首をつかんだ。

　どうしたって、明日になれば、ナタリーは町の外へと車で連れ戻される。それを見送るだけの、引き裂かれるような終わりじゃなくて、わたしたちで決めた時間にお別れをしよう。

　エディが立ち上がって、わたしの肩を叩いた。そうしようと、笑ってくれた。

「……じゃあ、お別れだな」

　ずっと廊下で立ち聞きしていたノアが、ナタリーとわたしの頭に順番に手を置いて、最後にエディとハグをした。やっぱり、二人は親友なんだ。ノアがそのまま部屋から出て行こうとしたから、わたしはあわてて扉の前で通せんぼをした。首をかしげるノアを見上げる。

「ねえノア。わたしはね、いつも一緒に遊んでくれた、お兄ちゃんの大親友のノアが好きだったよ。無理をしていたのかもしれないけど、一生懸命なところが大好きだったよ」

　ノアは一瞬目を丸くして、視線をあっちへこっちへとさまよわせた。照れ隠しで、前髪をかき上げるのがほほえましい。

「昔はさ、オマエやエディの前で格好つけたくて、勉強もスポーツも頑張ってた。今はやりたいことだけやってる人生なのに、あんまり楽しくないんだ。オレはさ、辛くても頑張ってるオレのこと、けっこう好きだったんだな」

わたしはノアの肩に手を置いてつま先立ちをした。おでことおでこをくっつける。この体温をいつまでも覚えていたい。

「いつかまた会おうね。この町の外で。待ってるから」

ノアは返事の代わりに、わたしのおでこにキスを落とすと、背中を向けて手を振りながら、仮眠室を去った。最後までかっこつけだ。エディがやれやれと笑った。

いいかげん、もう真夜中だ。二台あるベッドの一つにエディが、もう一台にわたしとナタリーが一緒に横になった。布団を頭までかぶって、向かい合い、手をつなぐ。一緒に越える、最初で最後の夜。

「おやすみ、ナタリー」

「おやすみ、ソフィア」

一日の最後に見る顔と、一日の最初に見る顔が同じで、それが親友だったら、それ以上に幸せなことはない。わたしたちはお互いにとって唯一で永遠で、途方も無い幸福だった。

こんなに何の不安もなく眠れたのはいつぶりだろう。夢もみないくらい熟睡した。意識はなくても、ナタリーの手の温度は、ずっと感じられていた気がする。

長かった夜が明けて、わたしたちは、最後の朝を迎えた。

目を覚ましたのはわたしが先で、ナタリーはもうすぐ咲く蕾《つぼみ》のように、うっすらとほほ笑んで眠っていた。安らかな寝息は、そよ風に似ていて、幸せそうだった。

わたしはこれから先、何度一人で目を覚ましても、今日初めて見たナタリーの寝顔を思い出すだろう。

ベッドに腰かけて、目元にかかった黒髪を、そっと払った。ナタリーはまどろみから浮き上がって、何度か瞬《まばた》きをすると、宝物をみつけたように顔を輝かせた。

「おはようソフィア。いい朝だね」

「おはようナタリー。すごく、いい朝だよ」

本当に、人生最高の朝だった。

しばらくして、わたしたちはまた事情聴取で呼び出された。でも町長がやって来て、家から荷物を引き上げてきなさいと言って、厄介事《やっかいごと》を引き受けてくれたので、甘えさせてもらった。持っていきたい物なんて何一つ思いつかなかった。

ナタリーは、埋葬に立ち会うからと言って、一人で墓地を目指した。わたしが一緒に行こうとしたら、切なげに笑って、頭を横に振った。

「ありがとう。でも、本当は誰も行っちゃいけないから」

たとえミスター・ブラックの願いをはねのける形になっても、最後まで見届けたいのだろう。この町を去る前に、きちんと別れの挨拶をしておきたいのだ。寂しそうではあったけれど、敬意と感謝で真っすぐ伸びたナタリーの背を見守りながら、わたしはお祈りをした。どうか、バラと時計の世話人が、いつまでも安らかに眠れますようにと。

そうしてわたしは、一足先に橋を目指した。

ナタリーが町に来てから、もうすぐ四週間。まさかわたしが先に町を出ることになるなんて、あのときは想像もしていなかった。

町の姿は、四週間前から何一つ変わっていない。灰色で、不良と嫌な大人がいて、ずっとずっと霧の中。

わたしは頭の中に二人で作った地図を思い浮かべて、それをなぞるように迂回《うかい》して歩いた。旧飛行場までいくと、フェンスに寄りかかって、曇った空を仰いだ。パイロットがここに戻ってくることは、二度とないのだろう。だけど、世界は箱じゃない。飛行機なんてなくても、どこへだって行けることを、わたしはもう知っている。降り積もった夜を、肩から降ろして置いていく。坂を下り、ベンチのところにまで来て、ささくれた背もたれを撫でる。ここから橋を見るのも、今日が最後。

橋を包んだ灰色の霧の中に、三人目のナタリーが浮かんで消えた。生まれ変わりたいのなら、いまここで踏みだせと、わたしを鼓舞《こぶ》してくれた、大切な友達。約束なんてなかったけれど、いまこそ果たしてみせよう。

ただ歩いた。わたしを押し返すものも、引き留めるものもなくて、一歩進むのを繰り返しているだけ。それだけでもう、橋は目の前にあった。

橋と町の境界線を踏み越えても、感動はしなかった。あまりに当たり前のことだったから。初めて橋の上に立った。やっぱりこの町にいては、隣町なんて見えやしない。

目をつむって、あの歌を口ずさむ。

辛い時も友達の名前を呼べば、駆け付けてドアをノックしてくれる。そういう歌詞。友達がいる、それがどれだけ心強くて、素敵なことか。そういう歌。

歌い終わり、目を開けると、ナタリーが手を振りながら駆け寄ってきていた。その後ろにはエディの姿もある。

「お別れのプレゼントがあるの」

ナタリーのカバンからは、丸めた地図が飛び出ていた。広げると、それは二枚が重なっていて、その内の一枚が差し出された。

「毎晩おじいさんの家に帰ったあと、その日の冒険を思い出しながら、もう一枚描いてたの。持っていって」

地図の中には、自転車に乗って歌うわたしたちが見えた。並木も旧飛行場もクローバー畑も、たくさんの場所が、文字と記号の姿をして、わたしたちの生きた証《あかし》になっている。

世界中どこを探したって、こんなに素敵な地図は見つかりっこない。

「本当にありがとう。でもこれ、一つ足りないものがあるよ。ペンはある？」

カバンを開け、ナタリーがガラスペンにインクを垂らす。

わたしはもらった地図を、自慢するみたいに胸の前で広げた。

「製作者のサインがあれば、完璧になるんじゃない？」

細いまつげで縁取られた切れ長の瞳が、はちきれそうなくらいに見開かれる。そこから透き通った、雨よりも光り輝く宝石のような涙が、ひとしずくだけ頬を伝った。ナタリーはそれを拭かず、ガラスペンを羊皮紙《ようひし》に走らせた。地図にナタリー・クローバーの名が、確かに刻まれた。

わたしはペンを受け取り、ナタリーの地図にサインする。ディーン・フェイ、五人のナタリー・クローバーと共に冒険をした詩人の名を。

二人で正真正銘、最後のハグをした。

これで本当にお別れだ。

わたしたちは背を向け合った。もう振り返らない。

エディがパンパンになったボストンバッグを、肩にかけなおす。

「ソフィはよかったのか？　何も持たないで」

「うん。いいんだ」

置いていこう、全部。

父親も、過去も、うつむいた灰色のわたしも。

この地図だけでいい。この地図だけがいい。

エディと手をつないで、隣町へと歩き出した。わたしは橋を渡る。霧の向こうへ、自分の足で踏み出す。

はるか後方で、ナタリーの凜《りん》とした声が、聞こえた気がした。

「おやすみ、ソフィア。おやすみ、ディーン・フェイ」

わたしは前を向いて歩き続ける。

いつか外の世界の片隅で、偶然出会えたあなたの背中に声をかけても、きっと振り向いてはくれないだろう。それでいい。そうしたらもう一度、他人同士から始めよう。何度でも友達になろう。

月曜日を迎えた新しいあなたと、霧を抜けた新しいわたしで。

だから、さよならは言わない。また会おうとも言わない。

ただ一日の最後の挨拶を、あなたに届けるのだ。

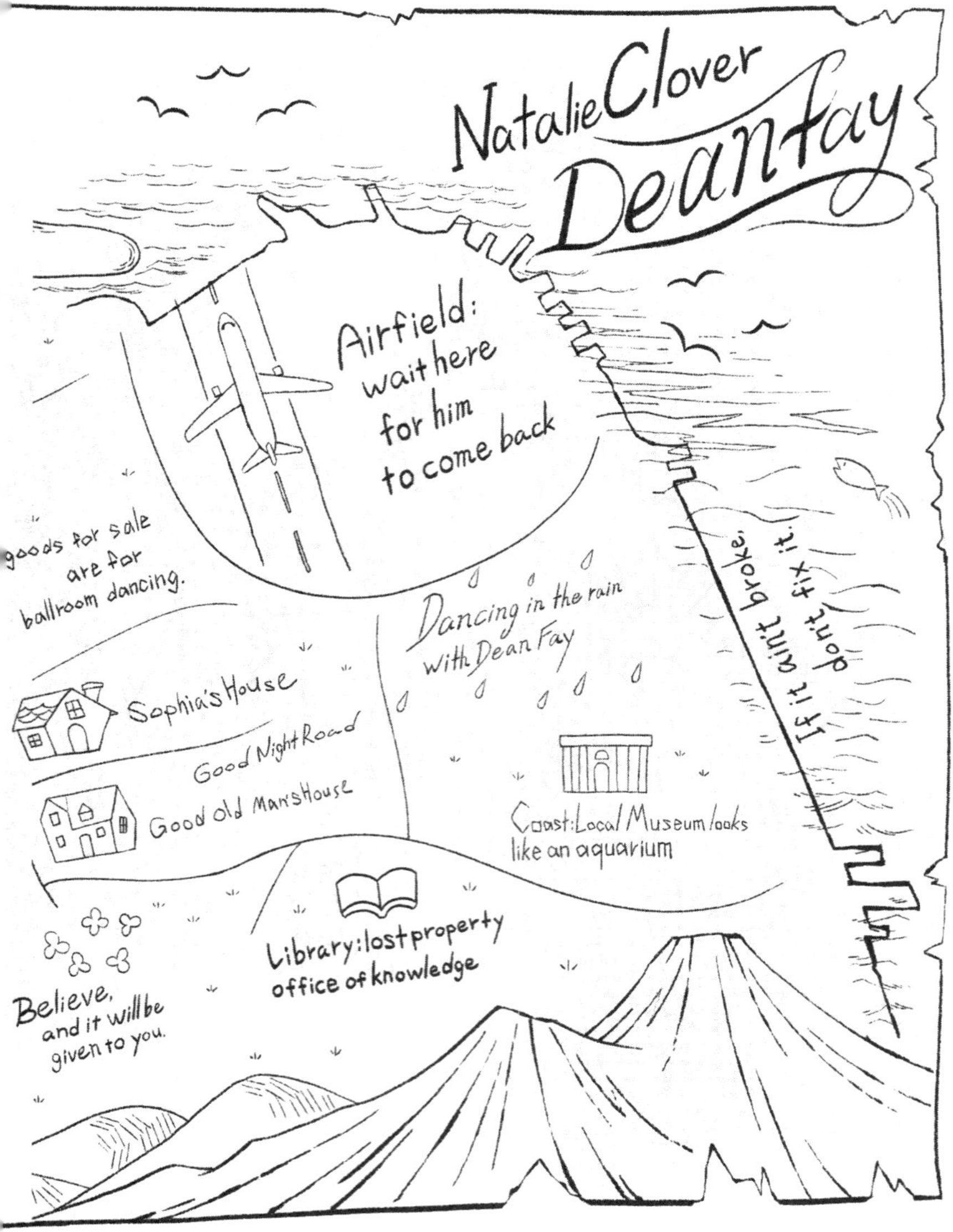

Natalie Clover
Dean Fay
Airfield: wait here for him to come back
goods for sale are for ballroom dancing.
Dancing in the rain with Dean Fay
If it ain't broke, don't fix it.
Sophia's House
Good Night Road
Good old Man's House
Coast: Local Museum looks like an aquarium
Library: lost property office of knowledge
Believe, and it will be given to you.

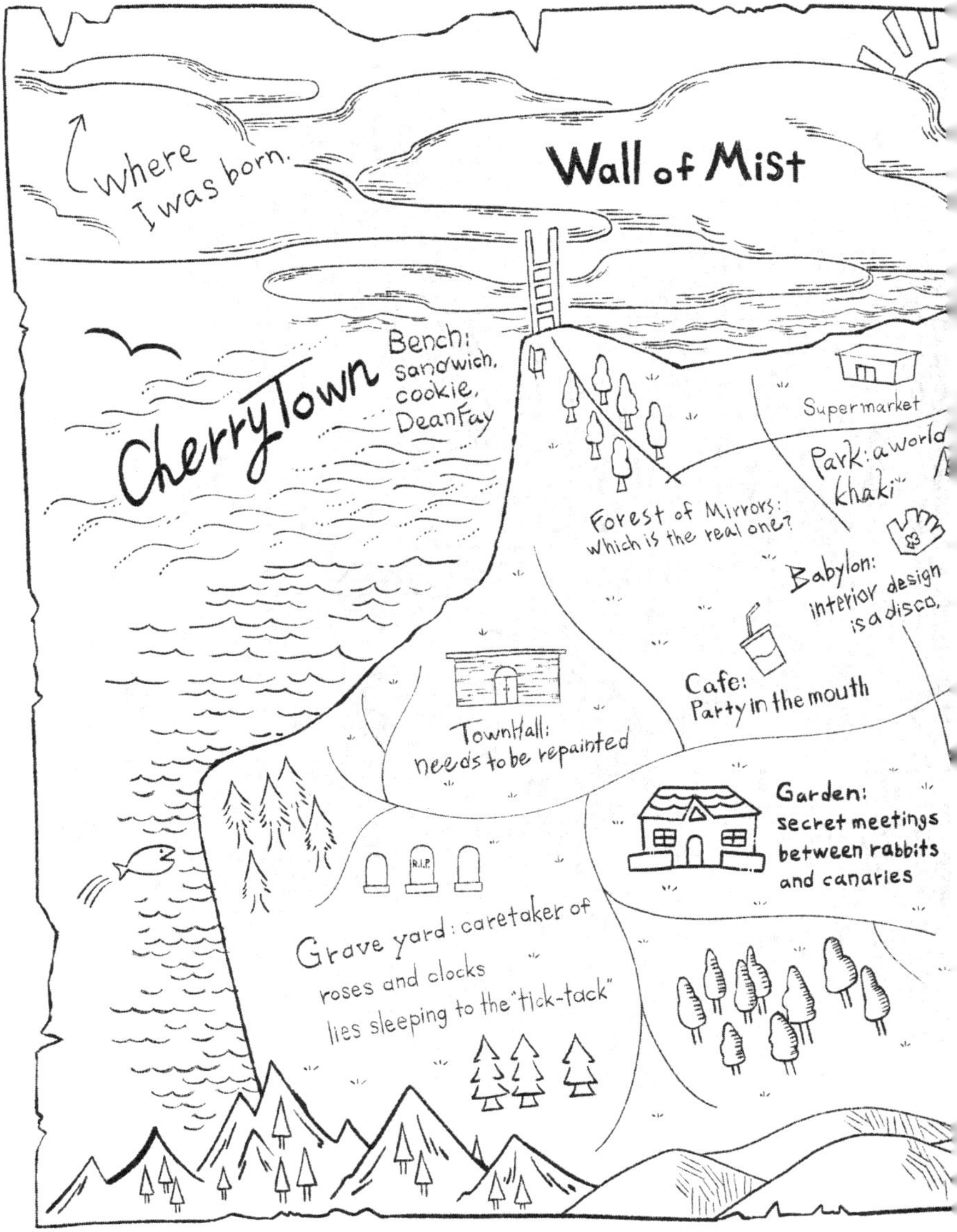
Where I was born.
Wall of Mist
CherryTown
Bench: sandwich, cookie, DeanFay
Supermarket
Park: a world khaki
Forest of Mirrors: which is the real one?
Babylon: interior design is a disco.
Cafe: Party in the mouth
TownHall: needs to be repainted
Garden: secret meetings between rabbits and canaries
R.I.P.
Grave yard: caretaker of roses and clocks lies sleeping to the "tick-tack"

初出「小説すばる」２０２４年12月号（抄録）
第37回小説すばる新人賞受賞作
単行本化にあたり、加筆・修正を行いました。


装画・地図イラスト　しまざきジョゼ
装丁　岡本歌織（next door design）

著者紹介

**須藤アンナ**（すとう・あんな）

2001年東京都生まれ。
2024年、本作で第37回小説すばる新人賞を受賞しデビュー。

---

# グッナイ・ナタリー・クローバー

2025年2月28日　第1刷発行

著　者　　須藤《すとう》アンナ

発行者　　樋口尚也
発行所　　株式会社集英社
〒101-8050　東京都千代田区一ツ橋2-5-10
電話　【編集部】03-3230-6100
【読者係】03-3230-6080
【販売部】03-3230-6393（書店専用）
印刷所　　TOPPAN株式会社
製本所　　ナショナル製本協同組合


ISBN978-4-08-771894-2　C0093

定価はカバーに表示してあります。
造本には十分注意しておりますが、印刷・製本など製造上の不備がありましたら、
お手数ですが小社「読者係」までご連絡下さい。
古書店、フリマアプリ、オークションサイト等で入手されたものは対応いたしかねますのでご了承下さい。

# 第36回小説すばる新人賞受賞作

## 正しき地図の裏側より

逢崎　遊

定時制高校に通いながら父に代わり働く耕一郎は、父に金を盗られ、衝動的に殴り飛ばし、故郷を逃げるように去った。しかし、金も家もない生活は長く続かず、諦めかけたその時、ホームレスの溜り場から彼にひとつの手が差し伸べられる。出会いと別れを繰り返し、残酷な現実を乗り越えた先にあったものは——。

## 我拶《がさつ》もん

神尾水無子

大名や旗本の駕籠を担ぐ陸尺として、江戸で人気を誇っていた桐生だったが、大洪水に見舞われ何もかもを失う。その桐生を救ったのは玄蕃頭だった。玄蕃頭の屋敷で世話になる桐生は、融通が利かず領主に忠実な近習・小弥太と出会う。身分も性分もまったく相容れない、二人の男の因縁の出会いとその行方は——。